汪书行七岁时的画作《我的一家人》

无

光在水中破碎沉浮

是窒息暗淡的消散

是轻舞缥缈的洒脱

激荡着深谷幽邃的湖

余晖透出水面触碰雾

才知一切都是虚无

01 我的校园时光

幼儿园毕业了（小松树班）

2015 年，第一天上学

2019 年，我 10 岁了，
与表妹然然的合影

2021 年，
小学毕业集体照

我爱宁外

2023 年，
初三运动会合影

02 岁月温情

长大后，才知道有爸爸妈妈的地方就是家，走到哪里都是幸福的味道……

山西悬空寺

外婆家屋后的油菜花

厦门铁路文化公园

我和最尊敬的爸爸，长得很像啊

2022 年，在家门口的公园草地上

03 爸爸妈妈陪我走过的路

“读万卷书，行万里路”，爸爸妈妈一直陪着我践行着这句话。辛苦了，我亲爱的爸爸妈妈！

英国伦敦大学

2014 年，英国剑桥大学“再别康桥”

美国科罗拉多大峡谷

2018 年，塞班岛

2016 年，北京国家大剧院

上海东方明珠　弟弟又长高了

厦门大学

汪书行 著

中国華僑出版社
·北京·

图书在版编目（CIP）数据

一书一世界/汪书行著.--北京：中国华侨出版社, 2024.6

ISBN 978-7-5113-9080-6

Ⅰ.①一… Ⅱ.①汪… Ⅲ.①随笔-作品集-中国-当代 Ⅳ.①I267.1

中国国家版本馆CIP数据核字(2024)第107901号

一书一世界

著　　者：汪书行
出 版 人：杨伯勋
特邀策划：韩瑾鸽
责任编辑：肖贵平
封面设计：天之赋设计室
经　　销：新华书店
开　　本：880毫米×1230 毫米　1/32开　印张：6.75　字数：127 千字
印　　刷：香河县宏润印刷有限公司
版　　次：2024年6月第1版
印　　次：2024年6月第1次
书　　号：ISBN 978-7-5113-9080-6
定　　价：36.00元

中国华侨出版社　北京市朝阳区西坝河东里77号楼底商5号　邮编：100028
发 行 部：（010）64443051　传　真：（010）64439708
网　址：www.oveaschin.com　E-mail：oveaschin@sina.com

序言

孩子塑造了我们的形象

应汪书行小作者邀请，我来给这本出色的散文集写一篇小序。

面对这部风格多样的散文集，我一时不知如何谈论这本书给我带来的阅读感受。这就好像在京城的春天里，感受绵绵细雨，一时分辨不出是哪一种思乡的情绪。不过，作者这些清新的文字，让我想起香港中文大学著名儿童史专家熊秉真教授的研究。她说：“儿童身边，照顾着他的母亲、教导他的父亲或师长，许多正运用着他们童年时期所接受的观念、想法、知识、主张、价值观与行为方式，进行抚幼和教化，从这个角度来看，社会的育儿习惯与待儿之道，变成了过去的童年与现在的童年间不断地相互作用，上一代童年文化与下一代童年文化之间的接力与循环。”我深信一方水土养一方人，作者的父母与我年龄相仿、故乡相同，育儿理念或许也有相通之处，这也是我阅读本书时倍感亲切的原因。

背井离乡是很多“70后”的现实，他们会把故乡的育儿理念带到异乡。而那些在异乡生活的孩子们，也会通过他们的生活，不断地影响、塑造着孩子的父母。这些年来，我越来越感觉我孩童时期的缺憾一个一个地被治愈。我把江南的风土人情带给我的孩子，而从小在北国长大的孩子会不失时机与我分享他成长的心灵。我相信，开化山乡的袅袅炊烟与东钱湖的碧波荡漾，一定也会同时在作者父母的心里激荡不停，或许是对孩子的欣慰，或许是对自己童年的惆怅。

我也从作者文字中看到了这一种对父母的塑造，作者会写《读季羡林〈留德十年〉有感》《千帆过尽自从容——读〈苏东坡传〉》这样颇有深度的文章，也会写《翻版周杰伦》这种时尚小品。因为这些，孩子的父母想着要“把普通的日子，过成值得回忆的日子”。在我们的儿童时代，我们的父母是否会想到，用文字来纪念这些逝去的普通岁月呢？ 可以想象，当作者的父亲读道：“亲爱的爸爸，//和您在一起的时光短暂却美好。//小时候，您的臂弯就是我安睡的小床，//是您生动有趣的故事把我送入美妙的梦乡。”他一定会被深深地触动，塑造出他在自己童年时代未曾拥有的形象。要知道，在“70后”的小时候，爱从来不会以一首诗的样子出现。那个时候，爱更可能会以一张奖状的样子出现。

和小作者一样，我也曾经被电影《楚门的世界》里主人公感动不已。那位不可一世的“造物主”深情地告诉楚门：“听我的忠告，外面的世界跟我给你的世界一样的虚假，有一样的谎言，一样的欺诈。但在我的世界，你什么也不用怕。”然而，楚门最终选择了勇敢地走出这个虚构的现实，去追寻真实的自我。在这里，我想对小作者汪书行说：突破自我，勇敢破圈。要知道，也许留恋在旧时光的父母，需要你去塑造和拯救。我相信楚门得到解放之时，“造物主”又何尝不是获得自由之日呢？

中国社会科学院历史学教授 汪小平

序言

把普通的日子，过成值得回忆的日子

时间过得真快，襁褓中女儿睡眼惺忪的样子仿佛就在昨天。一晃十五年过去了，如今她已亭亭玉立，身高可以跟我比肩。十五年来，我与爱人陪着她从呱呱坠地到蹒跚学步，跟她说话交流，送她走进校园，带她行走天涯……

本以为岁月无痕，往事难追。不承想，过往的点点滴滴却以另一种形式沉淀在女儿的笔端，从最初的只言片语、几个段落，到后来的一篇篇作文，都能让我们回忆起跟女儿在一起的时光。

后来苏东坡出现在她的笔下，接着范仲淹来了，再后来庄子的《逍遥游》也来了。直到有一天，我们突然发现她的思维和表达已经超出了我们共同的经历。有时甚至觉得，如果再不多看书，我们就要落伍了。

于是我们做了一个决定，帮助女儿出版她中学时代的作文集。

之所以支持女儿出版作文集，还源于我们对这件事情的四个期待。

第一个期待，希望女儿能通过这本作文集对过往生活有个记录式的呈现。

作为父母，我们都是20世纪70年代末出生在农村的孩子，通过高考上了大学，毕业后来到城市，我们在城里成家、立业。我们从结婚到女儿出生，再到儿子出生，一直忙于家庭与事业，体验着生活的酸甜苦辣。我们很感恩自己出生在改革开放的年代，物质也相对富足，没有了父母那一代所经历的饥饿与贫穷。我们一家也是中国很多百姓生活模式的一个缩影，没有惊天动地的故事，过着平凡的日子，品味着新时代的气息。

对我们来说，过往或当下与未来的每一个普通的日子都是唯一的体验，是值得回忆和被记录的。每当回顾人生的时候，至少我们会感动自己，并且深感值得。然而，繁忙的工作、琐碎的日常随着远去的时光渐渐模糊。所幸，女儿笔下的作文，字里行间无不记录着、还原着我们过往的经历。所以这本作文集是流逝岁月的记录式呈现。

第二个期待，希望这本作文集的出版能成为女儿成长的一个标志，能够在未来帮助她鞭策自己。

让这个标志成为她未来人生的一个起点。希望她每天做好点点滴滴事情的同时，在人生的不同阶段，都能发挥自己的内在能力，保持最佳状态。包括未来她上高中、上大学的时候，我们希望她成长的每一个重要阶段都能拿出一个成果或者标志性的成绩，为自己的人生剧本加分。

可能在一开始的时候，是我们陪着女儿走一段。慢慢地，她将所学知识内化了之后，这个标志性的成绩也将成为她内在的一种驱动力。每当遇到困难的时候，她会发现自己有能力独立去面对和解决，慢慢地，她会产生强大的自信心，去走自己的人生之路。

以平常心做人，以进取心做事。人生很多时候，你给自己下了什么样的定义，这个定义往往就会框住你的脚步。所以，希望孩子们能提升自己的认知水平，只要敢想，用心去做，人生会有无限可能。

第三个期待，希望女儿通过这本作文集的出版能够给弟弟树立一个榜样。

在女儿8岁的时候，我们家老二郎郎呱呱坠地了。从此三口之家变成了四口之家。男孩子跟女孩子完全不一样。郎郎两三岁的时候，就开始牛皮哄哄地自称老大，整天横冲直撞，无法无天。有时弟弟实在太淘气，我们都拿他没办法。姐姐气不过，自然就要教训弟弟，有时下手很重，看得我们都心疼。手背手心都是肉，如何维护姐姐的权威，引导弟弟认识错误成了我们要考虑的问题了。法国作家卢梭说过：“榜样！榜样！没有榜样，你永远不能成功地教给儿童以任何东西。”姐姐在学习、生活中的言行自然是弟弟最好的榜样。语文可能是很多男孩子的坎儿。我们想，等弟弟上学的时候，这本作文集刚好出版，将是姐姐送给弟弟最好的礼物，也为弟弟树立了一个榜样。

第四个期待，希望这本作文集出版的过程成为我们一家人自我提升的过程。

有了孩子之后，我们自己好像又当了一回小孩。孩子们所走过的路，所经历的东西，包括所学习的知识，我们也一起重新体验、温习了一遍。

这个过程其实也是我们一起重温童年，回望自己的一个过程。我们希望自己曾经经历的苦或者走过的弯路，孩子们不再走。我们也希望自己没有得到过的温暖与快乐，孩子们都能够拥有，这或许是天下所有父母对孩子的期待吧。

一直以来，女儿的作文都是她情感和思想表达的一个很重要的途径，也是我们与她沟通的一个媒介。在给她辅导作文的过程中，我们看到她的思维在慢慢走向成熟，与她一起成长。

女儿进入初中以后，在几篇文章里我感觉到了她内心的一些焦虑，直到后来我们读了她写苏东坡的一篇文章才放下对她的这份担忧。我跟爱人交流后发现，其实女儿已经学会独立思考，形成了一定的人生观。她会通过历史人物的一些经历来反观自己的人生；她会通过苏东坡的人生遭遇来激励自己；她会悟出，人生有很多种可能性，无论世界如何变化，守住本心，做好自己，永远是以不变应万变的法则。

在女儿的作文中我们还发现，我们曾经与她的一些交流，陪她走过的地方，给她讲过的故事，都对她产生了深刻的影响，这些在她的文章里都有所体现。通过字里行间，我们也了解到她在学校里的经历与思考，老师们对她的言传身教，她与同学之间发生的一些故事，以及这一切所带给她的帮助与成长。

这也是促使我们最终鼓励女儿将自己过往所有的经历、故事和思考都复盘整理，汇集成书，去自我展现的原因所在。我们相信，这本作文集的出版，对于书行甚至是我们全家来说，都是一件特别有意义的事情。

最后，希望有缘读到这本书的读者朋友，无论你是与书行一样大的孩子，还是与我们一样的家长，都能拥有幸福、美好的人生，把每一个普通的日子都过成值得回忆的日子。

爸爸：汪建宇

妈妈：汪银娟

弟弟：汪一行

自序｜你会“破圈”吗？

你好，我想请你跟我一起想象这样的一个场景：

在一个寒冷的早晨，窗外刮着凛冽的寒风，起床的闹铃声准点响起。此时在三秒之内你有两个选择：

第一，开心地闭上眼睛继续做梦。

第二，带着万般不情愿挣扎着起床。

我不知道你会做什么样的选择，我想，很多人会跟我一样，毫不犹豫地选择前者。毕竟，对大多数人来说，温暖舒适的被窝实在太难以抵挡。

据说，美国康奈尔大学做过一场有趣的“青蛙实验”：研究人员将一只青蛙放在煮沸的锅里，青蛙会拼命地立即往外跳。后来，研究人员又把这只青蛙放在一个装满凉水的大锅里，然后用小火慢慢加热，青蛙虽然感到水温的变化，但缓慢的变化让它失去了警觉，没有任何挣扎，直到后来被活活地烫死，再也没有跳出来。

青蛙未死于沸水，却死于温水，这便是令人深思的“青蛙效应”。

起与不起、跳与不跳都取决于你愿不愿意挑战自己的舒适圈。

所谓舒适圈，从字面上理解就是让你感到安逸可掌控的一个圈子，一个领域。从另一个方面理解，它何尝不是你的习惯圈呢？习惯了你所熟悉的一切，自然就会觉得一切理所当然。比如，我习惯了早晨七点十分进校门，晚上九点十分出校门，便觉得这是一种让我极为舒适的作息时间。倘若让我改变，恐怕要费好大一番劲。

现在网络上流行的“破圈”，意思就是打破舒适圈和习惯圈。我觉得“破圈”的意义不在于盲目地跟从模仿别人，关键在于打破惯性思维，改变自己的不良习惯，挣脱束缚和麻木堕落的环境，以获得更大的成长空间。

例如，我有段时间周末作业比较多，我就不愿意去上舞蹈课，想用舞蹈课的时间来写作业。取消舞蹈课后，我以为时间充裕，就悠闲地磨啊磨，结果还是踏进校门前的那一刻才把作业完成。这个状态持续了一段时间，在妈妈“友好”的沟通下，我逼着自己去上舞蹈课。这样只能课前课后抓紧时间，提高写作业效率。

结果，事实表明这样做，作业早早就完成了，舞蹈也没有荒废。原来时间长短不是绝对的，重点在于提高效率，在于我愿不愿意走出自己的舒适圈。

《楚门的世界》一书中，主人公楚门从小生活在一个由巨大的摄影棚所构成的虚拟世界里，所有人和事物都是导演安排的，所以在楚门生命的前三十年里，他生活中没遇到过什么大起大落，只是重复不断地走在既定剧本勾画的世界里——舒适、温暖、和谐。一个偶然的契机使他开始反思这个真实而又透着一丝虚伪的世界，并企图打破它，寻找自由与真爱。当他历经导演所施加的风暴时，当他走上通往未知黑暗的现实世界时，当他听到导演坦白外界如何虚伪、阴险时，他只是微笑着说，如果再也不能见到你，祝你早安、午安、晚安。然后迈着坚定的脚步走出这个“舒适”的楚门世界。

打破舒适圈走进真实世界的他，尽管遇到无数麻烦，但他拥有了追求自由与真爱的更大舒适圈。

亲爱的读者朋友们，打破我们自己现有的舒适圈，也许真的很艰难、很痛苦。但是只有这样，我们才能看到更广阔的世界，在未来的某个时刻，才能遇见更好的自己！

就如我今天写“自序”，其实也是为了打破自己的舒适圈。我希望自己的人生有更多的尝试，不仅仅停留在自己认为有能力去做的事情上，也要去做自己或许力所不及的一些事情。我相信，只要勇于尝试，就一定会有所收获和进步。

所以，如果可以，就让我们每个人都拥有主动“破圈”的勇气吧！

——江书行

目录 CONTENTS

01 人间有情是清欢

我最尊敬的爸爸……02
“不靠谱”的爸爸……05
给我最多爱的妈妈……08
我有弟弟啦……10
嘘，轻点儿……15
深 处……18
念念不忘……21
外公的故事……23
外婆，有您，真好！…29
“外婆家”的味道……33
我回家了！……35
爸爸寄语
——孩子，请记住家的温暖……38

目录 CONTENTS

02 那远方的青山

那远方的青山…………42
不一样的乡村生活……45
第一次喝米酒…………47
外婆家的油菜花………49
开化小吃………………51
钱江源的四季…………54
爸爸寄语
——我的乡愁，也是你的故乡
……………………………56

03 书行万里

烧卖与砖茶……………60
金溪…………………63
天一阁………………66
醉在诗意的晚风里……69
探访“网红”村………71
地上的北斗七星
——七星湖……………74
中国石刻艺术瑰宝
——龙门石窟…………76
地球仪………………79
读季羡林《留德十年》
有感…………………81
千帆过尽自从容
——读《苏东坡传》…84
爸爸寄语
——逐梦前行，行稳致远
……………………87

目录 CONTENTS

04 这也是成长

我的梦想……………90
这也是成长……………93
午后・童年・时装秀…95
意面汪………………97
童年的玩伴……………100
斩妖记 ………………102
爸爸寄语
——有一种爱叫放手…105

05 青春是最美的诗

宁外趣事一二…………110

宁外的环校公路　……113

钱湖小记………………116

校园的四季……………118

你好，钢牙妹…………121

谁是最自信的人………123

翻版周杰伦……………125

近墨者黑………………128

亦师亦友的同桌………130

蓬莱居士………………133

三十年后的我
——分子外科医师……135

我的“桃花源”记……138

思想活泼是我们的主张
……………………………141

独…………………………143

爸爸寄语

——青春是一首最美的诗
……………………………146

目录 CONTENTS

06 在微光里

心中那片月……………150
忧乐平衡……………152
我记得你 ……………155
定风波……………158
这样的人让我期待……160
心之所向，素履所往…163
微光……………166
成为自己的星…………168
走出攀比与内卷………171
人存在的意义…………174
放下执念，走向和解…177

爸爸寄语

——愿做你生命里的微光
……………180

后记

感恩遇见……………182

01 人间有情是清欢

我最尊敬的爸爸

我不知道站在巨人的肩膀上是怎样的，但我知道站在爸爸的肩膀上，让我有前进的勇气，让我有飞得更高更远的力量。

我的爸爸是一名医生，他的工作十分繁忙又无规律，和他在一起的时光总是短暂却美好。

小时候，爸爸的臂弯就是我安睡的小床，他总是用生动有趣的故事把我送入美妙的梦乡。爸爸的肩膀是我的瞭望台，他把我举过头顶，让我看到了世界的辽阔。爸爸曾将我高高举起，又轻轻放下，狠狠批评，又常常牵挂。

我不知道站在巨人的肩膀上是怎样的，但我知道站在爸爸的肩膀上，让我有前进的勇气，让我有飞得更高更远的力量。怀念爸爸的“蛋炒饭”，当然爸爸就是“炒锅”，我就是那个“饭”。也很怀念爸爸和妈妈的秋千，让我的童年充满了肆意畅快的欢笑。

爸爸是我的“骑士”，是我人生中的第一个偶像。爸爸用每天工作的背影，还有做不完的工作，写不完的论文，开不完的会议，在电脑前忙碌到深夜的疲惫，为我们这个家付出了很多、很多，为我做着最好的榜样。

记得有一次，我和爸爸在睡午觉。突然，床头柜上的手机传来“丁零零，丁零零”的响声，把我和爸爸吵醒了。爸爸慢腾腾地拿起手机，接通电话，“叽里咕噜”地讲了几句。我本以为爸爸打完电话会继续睡觉，可爸爸却连声说：“好的，好的，我马上过来！”话音刚落，他就从床上跳下来，麻利地穿上衣服。当爸爸要出门时，我赶紧掀起被子，跑到爸爸跟前问个不停：“爸爸，什么时候回家？您现在要去做什么？……”爸爸简单地回答道：“我现在有急事，不知什么时候能回来。”

爸爸边说边拿起雨伞和手提包，头也不回地朝外面走去。我三步并作两步向窗户跑去，朝雨中张望，只见爸爸心急火燎地在路上大踏步地往前走，不一会儿就消失在雨中。到了晚上六点多，爸爸还没回家。过了许久，爸爸才打了一个电话给妈妈，他急匆匆地说：“你们先吃饭，我事情还未处理好，不用等我吃饭了。”至于爸爸什么时候回家的，我都不知道，因为我早已进入了梦乡。

医师爸爸不仅敬业，还很有爱心。有一次，我们乘火车去旅游。火车出发不久，广播里传来寻找医生的通知，说有个乘客口吐白沫、意识不清。爸爸二话没说就起身赶往现场，我也跟在后面看个究竟。只见爸爸一边弯下腰轻柔地抚摸病人的额头，一边向病人的家属询问病史。我看着爸爸时而点点头，时而说出一些医学中的专有名词，看着爸爸那专注的神情，我对他的敬佩之情油然而生。

这就是我的爸爸！只要病人有需要，他总是第一时间赶到现场，并一丝不苟地去完成工作，爸爸是我的榜样，我爱我的爸爸！

“不靠谱”的爸爸

教室里暖融融的，如春天一般。隔着玻璃窗，窗外狂风依旧咆哮着。等我下课走出教室时，看到爸爸正在门口……

三九寒天，凶猛的寒潮正在发威，凛冽的寒风呼呼作响，星期五如约而至。

妈妈因家中有事，先回去了，把接送我去培训班的任务交给了向来“不靠谱”的老爸。天渐渐地暗了下来，落日消逝在天边。原来热热闹闹的校园早已恢复宁静，只有我还在妈妈的办公室里孤单地做作业，焦急地等待着老爸的到来。

离培训班上课的时间越来越近，我的心也随之越发焦急，可是过了下班时间点的爸爸迟迟未出现。望着阴冷的窗外，听着狂风妖魔般地吼叫，想想整幢楼就剩下我一人，顿时，一阵阵寒意涌上我的心头。我一遍又一遍地打电话给爸爸，可爸爸每一次答复都是快到了。不行，我还是去门卫室等我那“不靠谱”的爸爸吧。

一书一世界

在门卫室，我不停地往窗外张望，双手早已冻得通红，一股股寒风从我的袖口裤腿中钻进来，使我不得不将大衣裹得更紧一些。路旁的大树也被寒风吹得沙沙作响，似乎在打哆嗦，又像在催促，提醒着我时间飞快地流逝。“我的老爸呀，你怎么老是在关键时刻‘掉链子’呢？快点来吧，不然就真的没时间吃饭了，上课要迟到了。”我心里埋怨道。

在无数次抱怨之后，爸爸那辆黑色的车总算出现在我的视线内。我一边拽着书包，一边跺着脚，气呼呼地打开车门，一言不发地坐进车里。爸爸抱歉道：“宝贝，我刚下班，又接了两件紧急的事要处理……是爸爸不对，请你原谅我。”我根本不想听爸爸的解释，也不想理睬他。

本以为事已至此就算了，可是老天偏偏跟我作对似的。马路上匍匐着一条条钢铁般的巨龙，红辣辣的车灯一路飙红，每到一个路口总是被红灯阻挡。“今天肯定要迟到了，爸爸，我跟你说过好多次，你怎么还这么不靠谱？”我又兴师问罪地对着爸爸吼。爸爸像犯了错误的小孩，耸耸肩，缓缓地说：“是爸爸不守时，下次一定改正。”此起彼伏的喇叭声显得那么刺耳，这让我更加不耐烦。天空中刚刚爬上树梢的月亮，似乎也被这喇叭声吓到，即刻躲到了云层中。

临近上课，没有多余的时间，我们只能选择一家快餐店解决温饱。平时无辣不欢的爸爸居然没要任何辣菜，点的都是我喜欢吃的水蒸蛋、洋葱土豆、山药玉米汤。平日里手机不离手的老爸竟然也放下手机，顾不得自己吃，却给我不停地夹菜。我只顾着狼吞虎咽地吃，并未觉察到爸爸的一举一动。在我一顿风卷残云后，碗里的米饭实在吃不下了。眼看就要迟到了，我立马就往外冲。

当我推开门转头向爸爸说再见时，瞟见了爸爸拿起我的剩饭倒入自己的碗中，大口大口地吃了起来。我不禁心头一颤，鼻子一酸，眼泪不由自主地涌了出来。

走出门，我的脚步不知不觉地放慢了，刚才那一幕又浮现在脑海里。爸爸肯定有重要事情，不然他不会迟到的。可我刚才还说了那么多无礼的话，唉，真是太不懂事了。

教室里暖融融的，如春天一般。隔着玻璃窗，窗外狂风依旧咆哮着。等我下课走出教室时，看到爸爸正在门口，他身穿黑大衣，紧缩着身子，脸上写满了疲倦，发际线越来越高，不再像以前那么有活力了。但爸爸依旧无怨无悔地等着我。我心头怦然一震，飞奔进爸爸那熟悉、温暖的怀抱中……

给我最多爱的妈妈

如果说爸爸的爱是山，那么妈妈对我的爱就如涓涓细流般时刻滋润着我的身心，如冬日暖阳般让我感到温暖无比。

我的妈妈有一双变化多端的手。

它是保温袋，恒温的，在寒冷刺骨的冬天温暖着我冻僵的小手。

它是缝纫机，灵巧的，帮我做各种各样的头箍。

它是垃圾桶，无言的，随时收集着我吃剩下的果皮。

它是魔爪，无声的，在不听话的时候秒变惩罚的戒尺。

是妈妈，给我无微不至的爱！

在从小到大如烟的往事中，记得那是一天晚饭后，我的肚子突然就开始难受，本以为睡一觉就好了。不料，第二天肚子更疼了。放学回家，我就蜷缩在了床上。妈妈下班回家见到了，神情夹杂着疲惫与焦虑，赶紧坐在我的身旁，一边轻轻揉着我的胃，一边训斥："你瞧瞧，不好好吃早饭，现在胃疼活该！"

一边毫无违和感地吐露关切的问候。我撇撇嘴不敢有半分违抗，只是肚子不争气地咕咕地叫了起来。妈妈二话没说，便起身朝厨房走去。

当我享受美味时，屋漏偏逢连夜雨。一不小心，鱼刺卡在了我的喉咙里。那时我难受极了，眼泪都忍不住流出来。为了把鱼刺拔出来，妈妈先是拍拍我的背，又让我咽了几口米饭，可鱼刺还是横在喉咙里，于是妈妈决定亲手帮我拔刺。妈妈一边用手电筒照，一边让我把嘴巴张得大一些。在妈妈的不懈努力下，鱼刺终于被拔了出来，妈妈轻轻地舒了一口气，然后一连串的唠叨接踵而来，声音又渐渐淹没在厨房冒泡的菜粥里。不一会儿，一碗热腾腾的粥，放到了我身边。妈妈先用勺子沿着碗边刮了一勺粥，然后轻轻地吹着，觉得不太烫了，再用嘴唇试了试温度，再喂进我的嘴里。我看见妈妈给我做的粥中有胡萝卜、青菜、牛肉碎末，还有蘑菇，顿时眼眶湿润了，热泪禁不住流了下来，心里默默地对妈妈说："妈妈，谢谢您不顾疲倦，为我做了这么多！"品尝着妈妈为我精心烹饪的一碗充满关爱的热粥，我感觉我的胃不疼了。

这就是我的妈妈，她的爱就如涓涓细流般时刻滋润着我的身心，如冬日暖阳般让我感到温暖无比。

我有弟弟啦

弟弟从小就不是一个让人省心的小家伙，是一个惹是生非的淘气包，会走路以后，每天都会把家里翻得乱七八糟，但也给家里增添了不少欢声笑语。

我八岁的时候，我的弟弟郎郎出生了，我们的三口之家变成了四口之家。

在弟弟还没出生以前，我可羡慕有弟弟妹妹的同学啦！也曾幻想自己拥有一个可爱的弟弟。

有一次，放学回家，我看见妈妈静静地坐在沙发上翻阅着《育儿经验》。咦，妈妈什么时候喜欢看这种书？我小小的脑袋里装满了大大的问号，可又隐约觉得妈妈的肚子似乎比以前大了很多，这是怎么回事？莫非妈妈的肚子里……妈妈看穿了我的心思，藏着笑意道："妞妞，你有弟弟啦！"听到这个好消息，我心中的谜团解开了，乐坏了，恨不得早日目睹弟弟那可爱的面容。

从那以后，我每天都会抽出不少时间和妈妈肚子里的小弟弟聊聊天，生怕他待在肚子里太无聊。吃饭时，我总会多夹些菜给妈妈，免得把弟弟饿着了。弹钢琴时，我总央求妈妈坐在我身边，好让肚子里的小弟弟听到姐姐那优美的琴声……

记得那是我和弟弟的第一次对话。

一天，我还是像往常一样在家里弹钢琴，妈妈躺在床上听。大约弹了半个小时，妈妈让我休息一下，我刚一扭头就看见妈妈的肚子一上一下地动来动去，我好奇地跑过去一看，惊奇的一幕展现在我眼前：妈妈的肚子有节奏地上下蠕动着，和我弹的钢琴曲目的节奏很合拍，我心里高兴得不得了，因为妈妈的肚子里有个对音乐挺敏感的小家伙。

接着，我就和弟弟聊起天来。我轻轻地贴在妈妈的肚皮上，生怕压到弟弟，小声地说："可爱的小弟弟，姐姐每天给你弹钢琴听，好吗？"妈妈肚子里的宝宝上上下下地动着，好像在说："好，太好了！我每天都可以听姐姐弹钢琴了！"

于是我决定，以后每天都给弟弟弹弹钢琴，跟他说说话，这样我们就会拥有更多让人觉得惊奇而又快乐的时光啦！

随着时间的推移，我盼望早日见到弟弟的心情越发强烈，甚至在梦中都会梦见妈妈肚子里的小弟弟。盼望着，盼望着。一次晚饭后，我又忍不住问妈妈："妈妈，弟弟到底什么时候才能从你肚子里出来呀？"妈妈缓缓地说："快了，快了，还有三个星期左右。""为什么不早点生呢？我可早就等不及了。"我嘟囔着。妈妈摸了摸我的头说："你说熟的苹果香还是半生半熟的苹果香？”“当然是熟的苹果香！”我不假思索地说。妈妈笑眯眯地说：“那不是一样的吗？十月怀胎，弟弟待足了月，出生后，弟弟才会又健康又聪明！你着什么急，以后你有的是时间陪他玩呢。”

妈妈终于要生了，需住院待产。自此，我每天做完作业后都给妈妈打电话，嘘寒问暖好不贴心。终于，梦寐以求的小弟弟出生了，我心潮澎湃，激动不已。走进医院，我看见了许多躺在襁褓的小婴儿，红扑扑、肉乎乎的脸颊，真是惹人怜爱，但我想他们肯定都不如我弟弟可爱。

在一段“长途跋涉”后，我轻轻推开了妈妈的病房，打开帘子，终于看到了襁褓里如小猫咪大小的弟弟，他闭着眼睛，安静地躺在妈妈身边。那柔柔嫩嫩、可爱如小天使般的弟弟，那日思夜想，好不容易盼来的弟弟，我轻轻地吻了吻他的脸颊生怕他化了……

自从弟弟出生之后，这个小家伙就走入了我的生活。

弟弟从小就不是一个让人省心的小家伙，是一个惹是生非的淘气包，会走路以后，每天都会把家里翻得乱七八糟，但也给家里增添了不少欢声笑语。

弟弟郎郎在十六个月大时，开始会跑、会跳、会玩游戏、会说话……可有意思啦！他很天真，但有时他却是个横行霸道的小霸王。

晚饭时间终于到了，郎郎迫不及待地小跑向餐桌，在爷爷的帮助下，坐上了自己的专座，“咿呀咿呀”地催促我们给他准备好碗筷。不一会儿，香喷喷的饭菜摆满饭桌。我们都落座了，郎郎环顾四周，露出了“诡异”的笑容，随后他便倒拿勺子，从碗里舀出一些粥往嘴里送，粥一半吃进嘴巴，一半却掉在桌子上，没过多久，桌子已经“面目全非”。郎郎见了桌子上的粥，用手不停地来回擦，全家人异口同声地对郎郎说：“不可以，不可以。”郎郎觉得更好玩了，更加使劲地“擦”，嘴上还不停地“哇哇”叫着。这时，桌上、地上已全是饭菜，一片狼藉。

没安静几分钟，郎郎发现我们只顾着吃饭，不去管他，就悄悄地放下勺子，小心翼翼地举起他的“魔爪”，然后瞧了瞧我们，确认“安全”后，将“魔爪”伸进饭碗，开始做他的黑暗料理。一会儿捏，一会儿搅，不久，那饭已经像团泥。爸爸抬起头，沉下脸，眼睛发出一道道“闪电”射向郎郎。郎郎见了，先是向爸爸卖了个萌，发现爸爸还是阴沉着脸，接着又看看妈妈、姐姐、爷爷、奶奶，见大家也都一声不吭，于是奶声奶气连续叫了几声“爸爸”。爸爸还是故意地板下脸，二话没说狠狠地打了几下弟弟的手心。这下郎郎终于知道错了，一声不吭地低下了头。

可是不一会儿，郎郎伤疤没好就忘了疼，他趁大家不注意时，用脚踮在踏板上，使身体稍微直立，伸长手臂，以迅雷不及掩耳之势一把把菜盘拽到跟前，用手抓起菜就往嘴里送，那样子可真是又可气又可笑。

一书一世界

这就是我弟弟小的时候。现在的他每天都在快速地成长，当然每天也都在创造着属于我们一家人的故事……

嘘，轻点儿……

以后，“嘘，轻点儿”就成了咱家的口头禅，以至于有一次，我和妈妈闹矛盾时，弟弟跑过来指着我们道：“嘘，轻点儿……”让我们母女俩的矛盾顿时缓和了不少。

郎郎，我弟，终究是一天天长大了。犹如雪人般的净白皮肤，一双考拉般清澈、透亮的大眼睛，一脸人畜无害的模样，让见到他的人都要猛夸一番。你可千万别被他可爱的外表给蒙蔽。其实，他有着孙悟空大闹天宫般“桀骜不驯”的心，身体里有一个永不停歇的“马达”，自从他出生在咱家，家里就一年三百六十五天都“危机四伏”。

说起我家下层的邻居，那是一个高胖胖、不算刻薄的嬷嬷。尽管她有几次兴师问罪地来找我们家理论，至少目前我们两家关系还算和谐。

一天下午，我弟不知道是吃错了什么药，从鞋柜里翻出了妈妈的高跟鞋。他那只有我大半个手掌大的小脚顶着鞋头摇摇晃晃地走了起来。鞋跟与地板的摩擦发出了“噔噔噔，咚咚咚”带有回响的声音，吵得在房间做作业的我，心烦意乱。“郎，把鞋子脱下！”我大声喝道。郎听到我怒喝，迅速地跑走，躲到房间里，结果一会儿地板上传来更响的“噔噔噔噔”声。“楼下的嬷嬷要赶上来啦！”我大喊起来。看着有人跟他“互动”，弟弟越发来劲，房间、客厅、书房，无厘头似的乱窜，他的每一步感觉都能让整栋楼震一震，简直是灾难。

我冲出房间，老鹰抓小鸡似的提着弟弟说：“你再闹，信不信我揍你。”“你敢！”天不怕地不怕的弟弟反抗道。我们你一句，我一句地吵闹起来。

这时，我们家的“NO.1”——妈妈出马了。本以为她会家法伺候，结果妈妈轻声细语不置可否道：“郎，轻点儿，你刚才穿高跟鞋是不对的，不仅会把妈妈的鞋子弄坏，而且这么吵的声音会影响姐姐和邻居！”弟弟看了看妈妈，收敛起笑脸，终于有点安静下来的意思。妈妈趁热打铁，继续训话。还没等妈妈教育完，“咚咚咚”传来了一阵急促的敲门声。

危！莫非是楼下的嬷嬷上来了？没错，果然是她来了！我们仨你看看我，我看看你，不知所措。

只见嬷嬷板着脸、拧着眉、抿着嘴，好像蓄势待发的母狮般，感觉随时会扑上来似的。“阿姨，对不起，我们家……”话未说完，嬷嬷抬起冷冷的脸道：“你家小孩这么吵，怎么也不好好管管？”妈妈一脸赔笑着说：“是我们不对，是我们不对，实在抱歉。”

紧接着，转脸对着弟弟恨恨地瞪了一眼：“嘘，轻点儿！”

可怕的嬷嬷刚走。妈妈就拿我“开涮”了，大声吼叫是解决不了问题的，弟弟的性格很“刚”，你对他吼，他的气焰比你还嚣张，对弟弟训话要轻声点，以柔克刚。

还有一次，在我们一家人聚餐时，弟弟充分发挥了他的语言天赋。只见他一边大口嚼着米饭，一边滔滔不绝地分享着自己的“雄才大略”，让口中的饭菜狂飞乱舞，两个表妹更是把饭碗搬得远远的。我学着妈妈的方法，轻轻地跟弟弟说：“嘘，轻点儿，你要把嘴巴管好，才能做一名合格的警察。”警察是弟弟心目中的偶像，于是他就乖乖地吃起饭来。真的，温柔以待，以柔克刚的办法还真管用。

以后，“嘘，轻点儿”就成了咱家的口头禅，以至于有一次，我和妈妈闹矛盾时，弟弟跑过来指着我们道：“嘘，轻点儿……”

深 处

嚼着糯叽叽的粽子，听着奶奶哼唱着充满乡土气息的童谣，这世上没有比这更美好的事儿啦。儿时的我曾觉得这样的时光实在太平常了。然而，现在想来却已成奢望。

“白云生处有人家”，推开尘封已久的记忆，在我的记忆深处始终有一个人让我难以忘怀。

三年前那个秋天，奶奶走了，走得很急。伫立窗边，望着雨雾缭绕的山头，我怎么也不愿意相信这是一个事实。

记忆回到了儿时。

在我咿呀学语、蹒跚学步时，是奶奶陪我一起度过的。奶奶没读过书，却会许多有趣的童谣，即使爸妈不在身边，有她哼唱的童谣做伴，我也不会感到孤独。不仅如此，她还会烧一手好菜，比如红烧肉、炒腊肉、粉蒸肉……但我最爱吃的还是她亲手包的糯米粽。那咸香的粽子成了我记忆中奶奶的味道。

每逢端午，奶奶总是忙得不可开交。一大清早，她就提着个竹篓，拿把柴刀，爬到后山上采摘最鲜嫩的箬叶。墨绿色的箬叶闪着鲜艳的光泽，叶上总有几颗露珠在滚动。每每看到奶奶从山林深处提着箬叶回来，我总会央求奶奶带我上山去玩。这时，奶奶摸着我的头说：“哎哟，妞妞，你还太小，山上可是有阿猫虎哇！”听了奶奶的话，我总是乖乖地又半信半疑地点点头，帮着奶奶拾掇箬叶去了。

奶奶的手在我记忆里总是有魔力的。你瞧，不是吗？那布满粗纹的大手，灵巧地摆弄着箬叶，装米、放肉、扎棉线，一连串的动作瞬间就完成了，转眼间就出现一个结实的四角粽子，像是个襁褓。我怎么也学不来。每当这时，我总会嚷着奶奶教我。她粗糙又温暖的大手握住我细嫩的小手，摆弄着一张大大的箬叶，看着那硕大的叶子，在折叠中慢慢变小，直到像只有巴掌大的簸箕一样。我总会发出感叹，奶奶好厉害啊！

对于我这个小吃货来说，最幸福的是揭开锅盖的时刻。推开厚重的木门，整个屋子都弥漫着袅袅炊烟，清香淡雅的粽香将我包裹起来。循着香味儿，我摸索着来到了灶前。只见奶奶拿着比我人还高的锅铲在锅中翻动着。我踮着脚，巴巴地望着装满粽子的大锅，口水都快流下来了。奶奶看着我嘴馋的样子，生怕我到锅里拿，急忙说着：“妞妞，别急，粽子马上就好了。”这时，我总不放心地双手趴在灶台边沿守着，望着粽叶一点点变深变灰变得清香四溢。盼着，盼着，粽子终于熟了，奶奶帮我一层层地剥开粽叶，箬叶夹杂着浓郁的米香，扑鼻而来。米黄色的糯米粽终于露出了它的真面目。我张开小嘴“吧唧”一口咬在糯米上，那滚烫的小团糯米在我的牙齿间打了几个滚，就滑进了肚子。那软糯的粽子在我身体里烫开了一路，把我体内的馋虫都勾了出来。我忍不住张大嘴，狠狠地咬了一大口，每每这时我总会烫出眼泪来。也就在这时，我才明白奶奶常说的“心急吃不了热豆腐”是什么意思。

嚼着糯叽叽的粽子，听着奶奶哼唱着充满乡土气息的童谣，这世上没有比这更美好的事儿啦。儿时的我曾觉得这样的时光实在太平常了。然而，现在想来却已成奢望。

我偶然收拾冰柜，发现冰柜底层还有奶奶包的粽子，粽子表面已结了一层厚厚的冰霜。那有趣的童谣、满大锅粽子和奶奶的身影立即浮现在我的脑海中……

念念不忘

五年前的月亮沉下去又升上来，五年前的往事已成永恒的念想，五年前种下的那棵枇杷树，在阳光里结着黄澄澄的果……

天上铜钱般大小的月亮泛着黄红的模糊的月晕，像云朵在信笺上落了一滴泪，陈旧而模糊，今晚的月亮带点凄凉。我彷徨地走过石桥来到那棵枇杷树下，枇杷散发的淡淡果香，带来了我浓浓的回忆。

在我很小的时候，奶奶带来了一棵比我人还高的枇杷树苗，只记得那时我很兴奋，提着树苗满院子跑，直到跑累了才被奶奶赶上，拽到桥边的菜地里。奶奶物色了一块向阳的空地，拿着长柄的铁铲向泥土里插去，那穿着雨靴的脚踩在铲子上向下用力一踩就铲起一大坨土，熟练地将泥土翻到一边，一铲、二铲直到形成屁股大的土坑。我见状立马向前用力把树苗摁进土坑。这时，那只大手掌接住了被我“摧残”的树苗，带着满脸的笑意与和蔼道：“哎哟，轻一点，妞，把树根弄坏了，它就活不了了。”奶奶利落地一手扶着树苗，一手将土铲回坑里。一转眼，枇杷树就稳稳立在那里了。奶奶又从菜园旁的小溪里打来山泉水，我帮衬着把水一滴不剩地浇到枇杷树上。晶莹的水珠还残留在小小的枇杷叶上，叶上细小的茸毛在阳光里泛着闪闪的金光。我抬眼看见阳光洒在了奶奶灰白的发丝上，也泛着光芒……

“小枇杷树什么时候才会长枇杷呀？”

“可能长到比奶奶还高的时候吧。”

“那要等多久呀？”

“不急不急，你多回来看看，它就长得很快。”

于是，枇杷树成了我对老家的念想。每逢给奶奶打电话，我的第一句话便是问小枇杷树长得有多高了。这时电话的那头总会传来奶奶慈祥的声音。我已记不太清当时她的回答，依稀记得大概意思是，你快快长高，等你长得和奶奶一样高的时候，枇杷树就结果了。

如今，我已长高了，电话的那头却断了。过年回老家，总觉得院子里空落落的。我默默地来到枇杷树下，风儿带着阳光，静静地穿过高高的树梢，了无痕迹。眼前却总浮现着奶奶手把手教我种枇杷的那一幕……

五年前的月亮沉下去又升上来，五年前的往事已成永恒的念想，五年前种下的那棵枇杷树，在阳光里结着黄澄澄的果……

外公的故事

已经七十多岁的外公，经历过三年严重困难时期，惊心动魄的“文化大革命”，轰轰烈烈的改革开放，九死一生的心脏手术，经年累月地照顾外婆，但他皆以严谨和坦然面对。这便是一个慎终如始，则无败事的实例。

20世纪50年代，外公出生在三省通衢的开化的一个村子里，那里除了山还是山。饥饿与严寒足以概括外公的童年记忆。那时，祖祖辈辈不识字的农村人都渴望能培养出一个读书人，以改善贫困的生活，外公家也是如此。

长大后的外公不甘向命运低头。从1960年到1967年，外公凭着自己的聪明才智坚持从小学读到了初中。可随着“文化大革命”的到来，外公的学生时代戛然而止，那时没有中考，更别说高考，出路只有回生产大队务农。

1974年夏天，工农兵大学招生，高兴坏了的外公参加了考试，并取得“良好”成绩，当时的“良好”是镇里最好的成绩了，可惜种种原因外公与大学失之交臂，只能再回生产大队务农。

1977 年 6 月，转机来了。县农技站招工，初中毕业的他，经过了四个月的培训和考核，被选进了县里的农科所。话不多做事认真负责的外公算是跳出了“龙门”，成了一名农业科技工作者。

在农科所，外公的工作便是研究如何种好粮食。外公出生在农家，虽然已经跳出“龙门”，但他对种田有着独特的执着。在乡下田间地头，农夫们总是敞着个大胸膛，光着脚丫，斜抡着一把锄头，胡乱地抓把秧苗，就“扑嗒扑嗒”地在那泥泞的田里插起秧来。至于秧苗的间距，全凭经验。虽然种出来的稻田也能看得过去，但着实不美观。而种田科班出身的外公呢，却不这样，他非常“严谨”，下田必穿一双黑得发亮的雨靴，将白衬衫的袖口挽至胳膊肘处，露出半截结实的小臂，乍一看还真有点时髦。与不讲究的农夫相比，外公简直是去做“文艺工作”的。除了精挑细选的秧苗和铮亮的锄头，卷尺和记录本也是外公必带的工具。外公先用锄头在田埂上挖个小坑，在农田的两头各插一根木棍，用皮尺拉直。我心里纳闷儿，为何外公如此刻板呢？后来，外公告诉我，皮尺是用来测量秧苗之间的距离，把行间距控制在 15~16 厘米，这个长度是水稻生长最佳的间距，既保证有充足的阳光，又不浪费田地。这可是外公通过多年的科学实验总结出来的数据。

秧苗种好后，外公总会隔三岔五地来田里视察，有时浇水，有时施有机化肥，有时仔细查看水稻叶子的颜色。他通过观察叶子颜色和虫咬的痕迹，就可以判断是否有新型的病虫出现。一旦发现新型病虫，外公便会马上投入研究杀害病虫的农药工作之中，他经常在一个月里要和同事们一起研究数十种害虫。当时设备简陋，一个记录本，一盘专门用来粘病虫的煤油以及盛放病虫的试管，这些足以陪伴他们度过数个月的时光。研究期间，每天都有细致的安排，比如一号、三号、五号、七号，观察卷叶虫，分类记录它们的生长状况，生长时间，喷洒不同浓度、种类农药后的状况等必不可少的内容；五号到十号记录麦苗撒肥料后的长势；三号和八号记录稻蓟马的习性、抗药性等。盛夏，外公蹲在闷热的田间地头搞研究，一天要弄湿好几身衣服。在长达三十多年的实地研究中，外公已然成为治理病虫害的专家。正是凭着那份执着，他通过对粮食监测、数据整理后完成的课题还在省里获得过科学技术进步奖。

“不要拿鸡蛋，人赶过去就行了。”村主任急促地催外婆。外婆不知所措地在屋子里乱转着。读四年级的妈妈只知道出大事了，一副茫然的样子。原来是外公心脏病发作了，骑着自行车倒在芹江大桥上。后来，万幸的是外公的命算是捡了回来。

20 世纪 80 年代末，单位领导考虑到外公的身体情况，把外公调到离老家更近的马金镇测报站工作。因为离家近，外婆能照顾到。

回乡工作的外公对粮食病虫害的测报不仅没放松，反而更执着了。外婆、妈妈、舅舅都是农业户口，有自留地，外公拿自家的田地做实验。卷尺和记录本也是外公必带的工具。每次种田时拉着皮尺测量，横平竖直整整齐齐，秧苗之间的距离控制在15~16厘米。秧苗插好后，外公总会隔三岔五地来田里视察，何时放水、何时施肥、何时除虫都一丝不苟，严格按程序执行。

那些日子，外公总骑着二八式自行车穿行在乡镇田间视察，不同片区的稻田由于日照时间不同、气温不同，除虫、施肥的时间节点就有差异。他把研究的结果通过镇广播站以广播的方式分享给大家。外公总是事无巨细地把水稻生长的实时状况及相对应的培育措施及时告知农户。

退休后的他，每每谈起病虫害防治，就一脸骄傲地说："我在当地可是很有名气的哦，一些城里的大专家，有些时候还要跑到我家请教。在春夏之交，病虫繁殖旺盛，我还经常被邀请去县里的广播站发电报，指导农民朋友们喷洒农药。"时隔三十多年，我"采访"外公时，他回忆起年轻时在农田里搞研究的情况，脸上便挂满了笑容，重要的数据和步骤他依然能脱口而出。

听妈妈说，外公在工作的时候，兜里总是揣一本笔记本，专门用来记录各种病虫数据。有一次，我在抽屉里随手翻了一本外公老皇历般的笔记本，上面密密麻麻地记录着数据，非常工整，让人一目了然，表中的数据至少保留了两位小数！我问外公："您研究这些东西，不就是为了得出个结果吗？有些无关紧要的数据为什么要记得那么清楚呢？"外公一下子喉咙粗起来，声音提高八度说："像这种数据也一定要记清楚、记准确，要一丝不苟，马马虎虎可是要害了农户的。"现在这些珍贵的手稿，据说大部分存放在县农业局里，成为外公那段艰苦而又非凡岁月的见证。

退休后，外公依然保持严谨。十多年前，外婆得了尿毒症，每周都要透析三次，那时的外公专门为外婆准备了一个笔记本，专门记录外婆的各项身体指标、透析后尿液的重量等。外公说："那个时候啊，要记录血糖结果，打胰岛素时间。在外婆做透析的时候，我还要记录什么时候将透析管放进去，什么时候将透析管拿出来，尿液的重量统统都要记录下来，这样可以给医师提供准确的治疗依据。像这种东西哦，马虎不得，一马虎就要出大问题。"听他娓娓道来，俨然医学专家的模样。从外婆透析开始，一直到肾移植成功，前前后后三年之久。在漫长的三年时间里，外公就像年轻时记录田间农作物、病虫害情况一样，一丝不苟地记录着外婆的治疗情况，也正是外公的记录数据，给医生为外婆治病时提供了参考。

外公的严谨还体现在他的笔下。外公空闲的时候会练练字，从参加工作到现在退休，一直都是如此。虽然外公自嘲写字是为了打发时间，但是他从第一个字的第一横开始到最后一个字的最后一笔，绝不会马马虎虎。有时在外公练字的时候，我会拿支毛笔在宣纸上胡乱地写几个字，而这时，外公总会用那双饱经风霜的眼，透过老花镜瞪着我：“妞妞，不要捣乱，乱七八糟，成何体统？”每每看到外公古板的脸上出现了一丝愠怒，我总是忍不住想笑：打发时间也这么严谨啊！

外公的童年几乎是在饥饿中度过的。那时候粮食实在太少了，能吃上一大口白米饭简直是奢望。20世纪60年代，外公在最艰苦的时候吃过糟糠，甚至还吃过红土。听外公的邻居说，那时外公饿得路都走不动，每天有气无力地趴在长板凳上。吃不饱的年代，那就更别说穿衣了，外公穿的衣服都是哥哥们穿过的，从没穿过新衣服，当然过年也不例外。外公就是这样在艰难困苦中度过了他酸涩的童年时光。

已经七十多岁的外公，经历过三年严重困难时期，惊心动魄的“文化大革命”，轰轰烈烈的改革开放，九死一生的心脏手术，经年累月地照顾外婆，但他皆以严谨和坦然面对。这便是一个慎终如始，则无败事的实例。

在我“采访”外公的时候，他回忆起过往的峥嵘岁月，语调就像一条直线，没有一丝波澜。或许，深水静流、严谨淡定就是外公的人生写照。

他如同村口的那棵老樟树，静静地立着，为我们遮风挡雨。

外婆，有您，真好！

外婆对我无微不至的关怀，不仅体现在吃穿方面，更是经常在精神上鼓励我、安慰我。在我被爸爸批评时，外婆总会坐在我身边开导我：“生活、学习都不容易，吃点苦也是应该的，爸爸妈妈批评也是有道理的。”在我考试考砸时，外婆总会抚摸着我的头：“别难过，好好努力，争取下次考好，外婆给你做好吃的 。”在我失落惆怅时，外婆总会把我搂在怀里：“没事，靠着外婆就好了。”

坐在桌前，回忆往事，凝望着“有您，真好！”这四个字，一幅幅暖心的画面浮现在脑海，我第一个想到的就是您——我最亲爱的外婆。外婆个子不高，背微驼，黝黑的脸蛋，满头黑白相间的短发，脸上早写满了岁月的痕迹。在家中，外婆对我最好，每一句唠叨，每一个举动都在为我着想。

记得那是一天早晨，爸爸妈妈忙着洗漱，急着上班，无暇顾及我，唯独外婆在我睁开眼睛时，督促着我这个“拖拉鬼”。“妞妞，快起床了！别磨叽，要迟到了。天冷了，赶紧把衣服穿上，你不多穿点，要生病的。”一连串的提醒后，见我从睡梦中完全清醒，外婆才步履蹒跚地走进厨房。当我背起书包，正要走出家门时，外婆的一只大手又将我拉了回来，“哎哟喂，我的小祖宗嘞，你怎么穿得这么少？就不怕冻坏吗？”话音未落，也不知道外婆从哪儿掏出一件羽绒背心，没容我解释一句，就把背心套在我身上，然后将我送出家门。这又唠叨着，“快快快，要来不及了”。不知什么时候，外婆手里多了份我落下的早餐，塞进我的手中。平时眼花的外婆这时却像孙悟空的火眼金睛一样，一件事都不落下。直到我走进电梯，她才长长地舒了一口气。

坐在车里，打开早餐袋，我惊奇地发现袋子里装着我最爱吃的鸡蛋饼和一瓶我独享的热乎乎的牛奶。外婆不管是天热还是天冷，总是早早起床，为我准备早餐，外婆就像我肚子里的蛔虫，我想吃什么，外婆就做什么。看着这充满爱的早餐，我深深感到有外婆真好！

外婆对我无微不至的关怀，不仅体现在吃穿方面，更是经常在精神上鼓励我、安慰我。在我被爸爸批评时，外婆总会坐在我身边开导我：“生活、学习都不容易，吃点苦也是应该的，爸爸妈妈批评也是有道理的。”在我考试考砸时，外婆总会抚摸着我的头：“别难过，好好努力，争取下次考好，外婆给你做好吃的。”在我失落惆怅时，外婆总会把我搂在怀里：“没事，靠着外婆就好了。”

外婆除了和蔼可亲，还有另外一个特质，就是十分“吝啬”。

说起外婆的吝啬，例子比比皆是。每次外公买菜回来，只要一开门，外婆就赶紧放下手头的事情，跑到门口接过菜篮子，利索地找出小票，仔细核对起来。一把小葱两块五，两颗青菜三块钱，一斤香梨五块五……有一次外公买了一些牛肉回来，当外婆核对发现牛肉六十元一斤时，直接从凳子上跳起来“质问”外公怎么贵了这么多，外公蔫蔫地答道：“是稍贵了一些，不过……”还没等外公说完，外婆就喋喋不休地唠叨起来：“太贵了，太贵了……”

外婆不仅在买菜上很吝啬，在“餐桌上”也很吝啬。每顿晚饭，外婆总是做一大桌好吃的。我们一回来便大快朵颐。外婆见了，笑得合不拢嘴，直把一些装着好吃的盘子递到我面前。她边往我碗里夹菜边念叨着：“多吃点，多吃了才会长高，才会有力气学习。”我让外婆多吃点鱼虾，外婆总是推托说海鲜吃不惯。不一会儿，外婆从厨房里端出剩菜剩饭吃了起来。爸爸看见忙劝道：“老妈，您也多吃点好的。”外婆摇着头说：“不要紧的，这些饭菜倒掉了怪可惜。”话音未落，我们大家便你一言我一语地劝起外婆来。外婆总是语重心长地说：“我是农民出身，种粮食很不容易，我小时候哪里吃得上这样好的饭菜呢，倒掉太心疼了。”我们拗不过外婆，所以尽量把当天的饭菜一扫而光，让外婆没有机会吃剩菜。后来妈妈跟我说，其实外婆并不是不喜欢吃海鲜，而是舍不得吃，想让我们多吃点。

每次回老家过年，妈妈和舅舅总会给外婆买一些新衣服、新鞋子，外婆一再推却，埋怨这新衣服、新鞋子穿不惯，太浪费钱了。妈妈和舅舅要费很多口舌才能说服她。于是，她悄悄地把这些新衣服好好地叠起来，藏在柜子里，等到旧衣服实在不能再穿了，才拿出新衣服穿。

外婆就是这样一个“吝啬”的人。而在她的“吝啬”里，却蕴藏着对我们深深的爱……

无论何时何地，外婆总会与我相伴。如果说家是最温暖的港湾，那外婆就是我最忠实的靠山。外婆，有您，真好！

“外婆家”的味道

“莫笑农家腊酒浑，丰年留客足鸡豚。”这难道不就是“外婆家”的味道吗？

妈妈的老家不在城市，而是在大山深处。从宁波出发，一路上要穿过一个又一个隧道，绕过一座又一座山岭，才能抵达青山环抱的外婆家。

虽然乡下没有大城市里的便利，但我还是非常喜欢那里的生活。

外婆家最有名的特产要数放养的土鸡了。每每想起外婆家土钵鸡的味道，我总是会垂涎三尺。每次回老家，我总会提前打电话给外公，“预订”一只土鸡。外公总会爽快地答应我的要求。

有一次，我们刚进外婆家，一股浓郁的土鸡香味便从厨房里飘了过来。我们立刻冲进厨房，只见煤炉上的炖锅冒着阵阵白气，发出“咕噜咕噜”的声响。我等不及鸡肉上桌，拿起筷子先下手为强。那滚烫的鸡肉在嘴巴里打了几个滚就被卷进了肚子里。外婆见状，赶紧把炖锅搬到桌子上，打开盖子，只见鸡汤表面浮着薄薄的一层黄油，一个个小油珠像晶莹剔透的珍珠散落在汤面上，那质感像丝绸般滑润，在灯光的照射下显得格外诱人。

这锅鸡汤浓缩了鸡肉的精华。尝一小口，那鲜鲜的、糯糯的味道直沁心脾，丝毫没有油腻感。我迫不及待地抓起一个大鸡腿，狠狠地咬了一口，那细嫩富有嚼劲的鸡腿肉令人回味无穷。最后，我连骨头里的汤汁也不放过，直到吸干为止。这种温润、绵柔又带劲的鲜味是城里的饲养鸡无可比拟的。旅途的疲惫化作畅饮后的放松，嘴角还留着油渍。

外婆在后院里搭起的露天鸡棚，足有半个羽毛球场那么大，周围用篱笆把鸡棚和田野隔离开，抬起头，就可以看到朵朵白云在蓝天下悠闲地徜徉。鸡棚里长满了各色各样的野草，在鸡粪的滋养下，一年四季都是生机盎然的样子。篱笆的一侧，时不时会有几株麦穗钻进栅栏的缝隙，向小鸡点头挥手，结果便成了“战斗鸡”们的天然食材。几只调皮的小鸡总喜欢钻出栅栏往田野奔去，尽情地撒欢，直到天黑了才拖着疲倦的身子陆陆续续地回家。

生活在这种环境下的小鸡们，是自由的、健壮的、活泼的。也许，这就是外婆家鸡肉味道鲜美的原因吧。每每在他乡吃鸡肉时，我自然而然地会跟外婆家的鸡肉比较一番，总会无比想念外婆家青山绿水、蓝天白云滋养下的土钵鸡。“莫笑农家腊酒浑，丰年留客足鸡豚。”这难道不就是“外婆家”的味道吗？

我回家了！

“心有所属，无问西东，虽有万里，终向归途”，我突然明白了那是一种归属感！

推开那扇敲了无数次的门，熟悉的饭菜香气扑鼻而来。“我回家了！”

向家人道别与呼唤伴随在我们每个人的行为之中。短短的一句“我出去了”或是“我回来了”，都能让彼此感到无比亲切与安心。倘若哪一天我忘记交代这句话，父母必将上前问个真切，觉得我可能遇到了什么烦心事。

我小时候有一次，遇到烦心事便闷声不响地回家，一个人悄无声息地躲在角落里抽泣，全然忘记了向家人问好，大抵是有些累了，我竟然睡着了。妈妈找遍了小区的角角落落都没见我的身影——那焦急的呼唤声至今萦绕在我耳畔。事后，我被爸爸“掏心掏肺”地教育了。自此以后，即使遇上天大的事，我也不忘在回家时跟家人打一声招呼：“我回家了！”

上小学后，当我读到那些关于“家、国”之类的诗词，诸如“烽火连三月，家书抵万金”“道逢乡里人：‘家中有阿谁？’”“小楼昨夜又东风，故国不堪回首月明中”“位卑未敢忘忧国，事定犹须待阖棺”等，略通其意难知其情，怎么也无法理解古人为什么如此看重家与国。直到那年夏天的“万里征途”。

那一年，爸爸去英国学习，我和妈妈留守宁波。虽说每天视频聊天，犹如天天见面，但总觉得少了爸爸的温度和气息，心中总有些莫名的空荡。终于到了暑假，我和妈妈迫不及待地跟爸爸会合。飞机落地与爸爸相拥的那一刻，我心定了，心中的缺角补齐了——有爸爸和妈妈的地方就是家。

英国生活是愉快的，异域风情让人流连忘返，薯条、炸鸡、汉堡都是我的最爱。日子一天天过去，不知从何时起，我开始抢着喝爸爸熬的凝脂般的白米粥，晶莹的米粒虽形似国内的，但总感觉少了点江南水乡的神韵。回想起往日小区门口烟雾袅袅，极具烟火味的早餐铺散发出竹香的蒸笼，瓷碗里点缀着小葱的豆腐脑、馄饨——不经意间勾出我思乡的情愫。

有一次，我们走到北爱尔兰的海边，人困马乏之际，不知谁说好像听到了“铛铛铛”的锅铲撞击声，是幻觉还是现实？大家都不约而同地侧着耳，迎着风去找寻。真的，真的！听到了“铛铛铛”——中餐馆特有的炒菜声。万里之外的一家小小中餐馆，没有大鱼大肉，但那一碗蛋炒饭足以满足我久违的味蕾。想家了，确实很想家了。

经过漫长的十二个小时飞行，我们回到了宁波。宁波的夏天，那熟悉的似火骄阳，熟悉的炙热空气，熟悉的蓝天白云，还有熟悉的乡音，使我的心里有什么东西在蔓延，想说点什么，但不知从何说起。

多年后，我看一部名叫《万里归途》的电影，那是关于海外华侨的故事。当历经劫难的人们远远地看到中国大使馆的汽车和五星红旗时，当听到外交官说“现在举起你们手中的国旗和护照，我带你们回家！”的声音时，多年前从英国回家时的那种感觉突然涌上心头。“心有所属，无问西东，虽有万里，终向归途”，我突然明白了，那是一种归属感！

“我回家了！”一句普通的问候，是家庭责任，更是每一个中国人背靠祖国砥砺前行时的自信与底气。

爸爸寄语
——孩子，请记住家的温暖

家，是孩子来到这个世界的第一站；家，是孩子感受人间温暖、给心灵充电的港湾。父母则是每个孩子心中的家的核心人物。

父母是孩子人生的第一任老师。如何与孩子相处，如何教育孩子，如何让家带给孩子欢乐与勇气，是摆在每一对父母面前的必修课。然而，在忙忙碌碌的成人世界里，父母时常淹没于工作、学习、家务等各种琐事之中，忽略了对孩子的陪伴。

我是一个不太称职的爸爸。女儿出生那年，我正在攻读博士学位，工作学习都非常忙。女儿比预产期提前了半个多月出生，其实就与我没有照顾好妻子有关（此处暂且省略一万字）……

记得女儿出生第三天，我就撇下还在医院的母女俩，匆匆赶往第二军医大学做实验、写标书。直到标书提交后，才匆匆赶回家。此时，母女俩已出院回到家中。一进家门，就看到妻子一脸的愠怒，我只好抢着抱女儿，来缓解紧张气氛。

女儿一天天地长大，而我一如既往地忙碌，白天忙于工作，晚上忙着写论文。到了周末，又要出去参加各种学术会议。每每妻子忍无可忍严重抗议后，我才抽出点时间陪女儿在小区或附近公园里踢踢毽子、玩玩滑梯。记得女儿上幼儿园时，每次轮到我送的时候，她总是第一个到学校。而接的时候，她肯定是最后一个。以至于女儿每次听说爸爸接送，就很紧张，快到幼儿园就开始哭，拽着我的衣角就是不肯进校门。后来，老师们一看到眼泪汪汪的女儿时，就知道今天一定是爸爸接送的；而看到她开开心心进学校，肯定是妈妈接送的。女儿在少年宫上舞蹈课，有好几次接送，我都走错教室。现在送弟弟学乐高，也经常跑到音乐教室，惹得孩子们哄堂大笑。在老师们眼里，我这个爸爸实在不靠谱。

在女儿的眼里，我是怎样的形象，该打多少分？其实我心里是很忐忑的。直到有一天，我看到她写的这首诗。

致亲爱的爸爸

亲爱的爸爸，

和您在一起的时光短暂却美好。

小时候，您的臂弯就是我安睡的小床，

是您生动有趣的故事把我送入美妙的梦乡。

您的肩膀是我的瞭望台，把我举过头顶，

一书一世界

让我看到了世界的辽阔。
您曾将我高高举起，又轻轻放下，
狠狠批评，又常常牵挂。

我不知道站在巨人的肩膀上是怎样的，
但我知道站在您的肩膀上，
让我有前进的勇气，
让我有飞得更高更远的力量。
怀念您的“蛋炒饭”，
当然您就是“炒锅”，
我就是那个“饭”。
也很怀念您和妈妈的秋千，
让我的童年充满了肆意畅快的欢笑。

您是我的“骑士”，
是我人生中第一个偶像。
每天您工作的背影，
还有做不完的工作，写不完的论文，
开不完的会议，
在电脑前忙碌到深夜的疲惫，
您总是用心做最好的自己，
用实际行动诠释一种力量——榜样！

02 那远方的青山

那远方的青山

溪水远去，青山便是最坚强的后盾。当我们沿着河流的方向渐行渐远，青山依旧默默地伫立在身后，仿佛在盼望着下一次重逢。

说到浙江，人们总会提及被称为“天下第一潮”的钱塘江。“海阔天空浪若雷，钱塘潮涌自天来。”描述的就是其奔腾壮阔的景象。然而，她的源头，却是几百里外群山环抱中的爸爸的老家——开化。

这里的山层层叠叠、满目葱茏，整个开化就是一座森林。江南的雨是柔情的，遇见青山，便幻化为轻盈的云雾，平添了一些仙气。烟雨中，青山伫立着、思考着，依旧是一副纯净、朴实、厚重的模样。

一条小溪从大山深处缓缓流淌，蜿蜒地从奶奶家门前流过。它似乎有着净化一切尘埃的魔力，所过之处皆为纯净。乡亲们用它淘米、洗衣，波光粼粼间石块清晰可见。眯起眼，青山正浅浅地映在水中，随着溪流缓缓晃动，影影绰绰。我挽起裤腿，双脚伸进溪水，没过脚踝，感受清凉。我捧起溪水泼在脸上，那清冽的感觉透过皮肤渗入心底，一下子拂去了我心中的疲惫。

溪水中的青蛳是这里的山水孕育出的纯净生灵。它对于生长环境格外挑剔，但老家山灵地杰、水清树茂，可让它们在此自由地繁衍生息，也让它们成为人类餐桌上的一道美食。那黛色的青蛳附上了金黄色菜籽油的光泽，在山泉水的浸润下，紫苏的鲜，剁椒的辣，一股脑地钻入青狮壳里。猛吸一口，浓烈的汤汁会奔涌而出，跳跃的辣味很快就打开了食客的味蕾。鲜美的螺肉伴随着它尾部独有的苦涩味道，触碰舌尖的一瞬间，如同墨汁滴落在宣纸上，慢慢地晕染开来。家乡味道独特的青蛳早已走出了大山，走进了《舌尖上的中国》。

炊烟总能读懂山峦的心思。日出日落，一缕缕炊烟飘入山谷中，带来丝丝烟火气息。坐落在山脚下的村庄屋舍沿着山的脉络分布着。还记得黄昏的时候，奶奶那乡土气息极为浓厚的呼唤声响起：“妞妞，快来丫（吃）饭吧。”虽然这亲切的呼唤声已成逝去的怀念，但大山似乎将它记下了。如今，我回到老家，当炊烟升起的时候，这亲切的呼喊声仿佛还在山谷里回荡。

老家的乡亲们总是格外热情。每次回来，爷爷家的山茶油，对门邻居大妈的索面，远房姑婆家的土猪肉、土鸡，还有婶婶亲手做的汽糕、粽子，大伯伯从地里拔来了带着泥土芬芳的青菜、萝卜……把我们的后备箱塞得满满当当。“妞，放假了再来”，七大姑八大姨把我们送了又送。

一书一世界

延绵的青山，用她温润的胸怀滋养了一方水土，养育了勤劳、热情、好客的开化人。千年历史积淀的霞山古村落；全靠手艺活、真功夫雕刻而成的根宫佛国；从“种种砍砍”到“走走看看”的美丽金星村；蜿蜒曲折的百里金溪画廊……自然景观美如画，百里青山行不尽。曾经，人们因为贫穷走出大山；而如今，这青山绿水吸引着八方游客，让每个灵魂在此沉醉。

溪水远去，青山便是最坚强的后盾。当我们沿着河流的方向渐行渐远，青山依旧默默地伫立在身后，仿佛在期待着下一次重逢。

此心安处是吾乡。

不一样的乡村生活

夕阳西下，小鸡们清脆的叫声与我的欢笑声在晚霞中回荡！到了晚上，我躺在床上，只听见外婆对外公说：“今天米缸的米怎么少了这么多……”我听了这话，躲在被窝里“咯咯”地笑个不停。

乡村人家的生活是令人向往的。那里有广阔的田野，美丽的菜园，还有可爱的小动物们！其中最令我难以忘怀的是那些有趣的小鸡们。

我刚到外婆家就听到“咯咯咯，咯咯咯”的叫声。咦，是谁在外婆家屋前屋后叫个不停？哦，原来是一群活泼可爱的小鸡在做游戏！

只见小鸡们有的在水盆边梳理着自己的羽毛，有的和同伴一起玩耍，有的坐在干草上沐浴着阳光。我的脑海中闪现出一个念头——喂小鸡。

于是我说干就干，钻进外婆的米仓，舀了一碗米，兴冲冲地朝鸡棚跑去，“鲁莽”地撒了一把米。鸡棚里的小鸡被突如其来的声响吓坏了，它们有的往草垛后躲，吓得不敢出声；有的朝墙角里钻，怀疑地盯着我；还有的竟然蹿上墙，不安地拍打着翅膀……看来这样喂小鸡的方法不可取。我思考片刻，便有了新的办法。

我先学着外婆“咯咯”地叫了几声，然后小心翼翼地在窝边撒了 点米，发出友善的信号。果然，小鸡们心中的惶恐渐渐散去，从四面八方探出头来，一步一试探地朝米粒方向走来。有的小鸡用爪子抓了一些米放到自己跟前，小心翼翼地品尝起来；有的探出头来，啄几粒米，随后立马把头缩回，警惕地向四周张望……看着这些小鸡啄米的样子，我不禁笑了起来，忍不住又撒了一把米，没想到小鸡竟然争先恐后地抢了起来，它们一会儿蹭蹭其他小鸡的身体，一会儿碰碰其他小鸡的脑袋，吃得不亦乐乎。我不停地在米仓和鸡舍之间跑来跑去，让人不可思议的是，小鸡们好像变成了我的小跟班，我走到哪，它们就跟到哪。

就这样，我与小鸡们快乐地相处了一整天。

夕阳西下，小鸡们清脆的叫声与我的欢笑声在晚霞中回荡！到了晚上，我躺在床上，只听见外婆对外公说：“今天米缸的米怎么少了这么多……”我听了这话，躲在被窝里“咯咯”地笑个不停。

乡村生活可真有趣，它带给我不一样的快乐！

第一次喝米酒

外婆站在厨房门口对着舅舅家大喊一声："妞妞，过来喝米酒了。"我赶紧拿起杯子，穿过弄堂，还没走到外婆家的厨房，就闻到一阵阵淡淡的、甜甜的酒香，那香味像青草的芳香，又像大米的味道，好闻极了！

在这个枯燥乏味的寒假里，有一件事令我难以忘怀那就是喝米酒。小时候我从未喝过酒，所以我对酒有着无尽的遐想，那一年过年，我终于品尝到了酒的味道！

那是在大年三十的前一天晚上，我们赶到了外婆家。一进家门，一股浓郁的酒香扑面而来。我赶忙朝厨房走去，外婆对我说："妞妞，外婆在做米酒，你先到舅舅家吃饭，等会儿过来喝！"一听到"米酒"这一词，我顿时欣喜若狂，蹦蹦跳跳地去吃饭了。

盼着，望着，嘴里吃着饭，心里却想着米酒的味道。

终于，外婆站在厨房门口对着舅舅家人喊一声："妞妞，过来喝米酒了。”我赶紧拿起杯子，穿过弄堂，还没走到外婆家的厨房，就闻到一阵阵淡淡的、甜甜的酒香，那香味像青草的芳香，又像大米的味道，好闻极了！只见外婆站在大大的土灶台前，拿着一个手柄很长很长的大勺子在锅里不停地搅拌着，锅里还不时冒出珍珠似的泡泡，一股股白雾从锅里散发出来，离锅越近，酒香味越浓。

那口锅直径约有一米，由上往下呈大大的锥形，里面装有满满的一大锅米酒。那米酒看起来呈乳白色，清澈纯净。尝一小口，丝丝滑滑，糯糯甜甜，喝起来一点没有酒味，味道像喝糖水一样，但绝对没有糖水那样甜腻。我“咕噜咕噜”连续喝了几大口，外婆见了急忙对我说：“这酒不能这么喝，特别容易醉。米酒酒精度不高，喝起来好入口，后劲还是有的，小孩子只能喝一点尝尝。”我只好一小口一小口地细细品味起来。

这时，在舅舅家吃饭的亲戚也闻到酒香赶了过来，大家不约而同地凑到土灶台前张望着。外婆见了，眼睛眯成了一条缝，连忙拿来一些杯子装满酒递给大家。起先，他们一小口一小口地品尝，后来索性就咕嘟咕嘟地畅饮起来了。不一会儿，杯中的米酒就喝光了，但米酒那清醇的味道依然留在大家的唇齿之间。

大年三十的晚上，年夜饭的餐桌上依旧弥漫着醇香浓郁的米酒味儿。

第一次喝米酒的感觉竟然如此的美妙！

外婆家的油菜花

油菜花谢了，结出菜籽，老家的乡亲们会用它来榨油。我看见外婆家的储物间里藏有许多大大小小的缸罐，里面装满了菜籽油，只要微微打开罐口，一股油中带甜的香味直沁人心脾。

清明前后，是开化老家油菜花盛开的时节。

油菜花只有指甲盖那么大，全身金黄色，散发着一股迷人的香气。它不像玫瑰那样热情奔放，也不像梅花那样娇小可爱，更不像荷花那样高雅纯洁。它很平凡，平凡到每片田野都能见到它的身影；它很朴素，朴素到每个人都可以拥有它。

每逢清明节回老家，我总会在外婆家屋后的油菜花田里尽情奔跑、欢笑，一玩就是大半天。时而在那香中带甜的菜花中边唱边跳，时而捧起一株油菜花细细观赏，时而驻足凝视花海中不停飞舞着辛勤采蜜的小蜜蜂。我沉醉在金色的大花园中，享受这美好的田园风光。

老家的油菜花吸引了四面八方的游客，他们千里迢迢来到这里观赏油菜花。摄影爱好者钻入花丛中用相机留下一段美好的回忆。女孩子们采下一株株油菜花插在头上，那脸上的笑容更加灿烂。女人们把它们带回家，插入花瓶，让花香溢满整个房间。

油菜花谢了，结出菜籽，老家的乡亲们会用它来榨油。我看见外婆家的储物间里藏有许多大大小小的缸罐，里面装满了菜籽油，只要微微打开罐口，一股油中带甜的香味直沁人心脾。

每次从老家回宁波，外婆总会装满一大桶菜籽油让我们带走。每每妈妈要做炒螺蛳、红烧河鱼时，总会拿出菜籽油，那嗞嗞作响的油爆声，随之而来散发出的特有香味弥漫了整个房间。尝一口，那鲜美的味道令人回味无穷。

这时，我的脑海中就浮现出那片金灿灿的油菜花海和千千万万像外婆一样平凡的劳动人民。

开化小吃

开化的早餐果然名不虚传！

国庆节到了，我们一家来到开化老家，听外婆说，镇上的小吃味道很不错。

第二天一大早，我和舅舅一家便早早地来到镇上吃早餐。不看不知道，一看吓一跳。街道两旁布满了各式各样的早餐店，吆喝声、叫卖声此起彼伏，看得我眼花缭乱。一家早餐店门口人头攒动，八仙桌和长四角桌都摆到马路上了。老板娘忙前忙后招呼客人。店里的师傅有的在包馄饨，有的在蒸“东方比萨”汽糕，还有的在蒸小笼包、馒头……顾客们把小摊铺围得水泄不通。

就这家了！我们决定兵分两路挤进去。舅舅一路“跋山涉水”挤到店铺前，快速点了馄饨、粉干、小笼包和汽糕。另一路在舅妈带领下，费尽千辛万苦，终于在角落里找到一张碗筷还来不及收拾的空桌子。刚一坐定，阵阵香味便扑鼻而来。环视四周，食客们都埋着头“稀里哗啦”地吃着早餐，满头大汗也顾不上擦一下，看起来味道真不错。

这时，我的肚子不禁“咕咕”地叫了起来，心里想，这美味早餐可不能辜负，一定要大吃一顿。等了好久好久，舅舅才端着粉干和馄饨摇摇晃晃地从人群里挤过来。我赶忙站起来去接，只见粉干和馄饨汤里漂浮着一层红红的辣椒和绿绿的葱花，我的心顿时凉了半截，“大快朵颐”的疯狂念头只好抛到九霄云外了。

舅舅迫不及待地吃了起来，全然不顾抱在怀里的二宝妮妮。妮妮刚开始安静地躺在舅舅怀里，过了一会儿，她就“哼哼唧唧”地叫了起来。我小声地提醒舅舅：“妮妮也想吃呢！”舅舅从眼镜框上缘瞟了我一眼，点点头说：“好。”说完，他又埋头狼吞虎咽地吃起来。这时妮妮看没人理她，就手舞足蹈地“哇哇”大哭起来。左邻右舍都投来异样的目光。这时舅舅才不情愿地放下筷子，摘下眼镜，擦擦嘴巴，抚摸妮妮的头安慰一番。妮妮停止哭泣，拼命地伸手去抓被舅舅扫荡过的空碗，周围的人哄堂大笑，舅舅这下尴尬了！

踌躇间，我抵不住香味的诱惑——开吃！汽糕是绵软的，但又像带着些气节，能感受到丝丝回弹与颗粒感，上面撒着的配料木耳丝、笋干、肉丝，我自以为是经典，爽脆的口感在辣椒刺激下更加分明，肉丝的汁水鲜辣之余，还有一丝咸香。雪白的糕，五彩的料，涎水在口中打转，一大块糕合着汽瞬间下肚，直至辣意袭出眼眶，才肯作罢。吸溜一大口清澄米汤，纯浓的汤就着黏稠的米，冲淡了辣意，唇齿留香。老家的馄饨与宁波加碱水的相比更加柔软、莹润，“饮”一口，恰似金溪的水轻轻地流过指尖，要是加一小勺辣椒，便会少一分脱俗多一分烟火。我们风卷残云般地把馄饨、汽糕等美食吃个一干二净，心满意足地打起了饱嗝。

开化的早餐果然名不虚传！

钱江源的四季

（仿写课文《美丽的小兴安岭》）

这就是我的家乡——钱江源。她一年四季景色各异，吸引了来自四面八方的游客。我爱钱江源，我爱她秀丽神奇的景色！

我的家乡在浙江西部——开化，那里是钱塘江的源头，山清水秀，风景优美。

春天，万物复苏，钱江源一派生机勃勃的景象。金溪两岸的梯田里铺满了油菜花，花丛中还夹杂着几朵红艳艳的映山红，远远望去，就像黄色海洋里的红色帆船。几只小鸭好奇地从油菜花丛中钻出来，一摇一摆地跟着鸭妈妈奔向河里，仿佛告诉小鱼小虾们："春天来了！春天来了！"

夏天，钱江源是小朋友们的乐园。炎炎夏日，太阳炙烤着大地。一早起来，人们就大汗淋漓。等到下午，小朋友们再也按捺不住了，纷纷冲出家门，奔向河边，脱去衣服，"扑通，扑通"地像下饺子一样跳进清澈的水里，尽情地玩耍起来。

秋天，稻子熟了，芦苇开出了米黄色的花。远处的高山层林尽染。稻田里金黄一片，稻穗在风中摇摆着沉甸甸的脑袋，好像在对人们说：“秋天来了！秋天来了！”

冬天，钱江源也是充满暖意的。清晨，村庄里的农妇们捧着一盆盆衣服来到河边，捣衣声和着清脆的笑声在溪水里荡漾，河面缓缓升腾起暖暖的雾气。不远处天青色的炊烟从白墙黛瓦间弥漫开来，像极了一幅水墨山水画。

这就是我的家乡——钱江源。她一年四季景色各异，吸引了来自四面八方的游客。我爱钱江源，我爱她秀丽神奇的景色！

爸爸寄语
——我的乡愁，也是你的故乡

“乡愁”是什么？是无数游子对故土难以割舍的情感，是千百年来文学作品永恒的主题。诗人李白的“举头望明月，低头思故乡”，王安石的“春风又绿江南岸，明月何时照我还？”，贺知章的“儿童相见不相识，笑问客从何处来”，一首首乡愁名篇，道不尽人们对故乡的思念，也成为镶嵌在中国人文化基因中悠远而淳厚的情愫。

现代诗人余光中先生在他的《乡愁》中吟咏：“小时候，乡愁是一枚小小的邮票，我在这头，母亲在那头……”这首诗把“乡愁”比作邮票、比作船票、比作坟墓、比作海峡，用最具象、最朴实、最直率的语言表达了最深沉、最悠长、最浓烈的情感，这首诗曾撬动一代人的历史记忆和情感共鸣。时至今日，当人们读起这首诗时，仍能唤起内心对家人、对家乡、对祖国最深沉的情感。

一代人有一代人的乡愁。我和妻子青少年时期从浙西农村走出来，在城里求学、工作、生活了二十多年。身在异乡，每每回忆起家乡，即便没有“独在异乡为异客，每逢佳节倍思亲”的孤独，也少不得发出“露从今夜白，月是故乡明”的感慨。如今，尽管已经告别了“车马很慢，书信很远”的时代，但是每次带孩子们回老家，待的时光仍很短暂。

如何让故乡的一座座青山、一缕缕炊烟、一笼笼汽糕、一句句乡音走进孩子们的生活，培育起他们对故土的情感？这成了我们这一代离乡父母面临的课题。

每次回老家，我们都会给孩子们讲讲我小时候有趣的故事，带着他们爬爬我小时候经常砍柴的后山，去爷爷家门口的小溪摸鱼捉虾，去隔壁叔叔伯伯家串串门拉拉家常，尝尝乡亲们送来的自家土特产，逛逛边界小县城……淳朴的乡土气息，浓厚的故乡情意，山水有意，草木含情，沉浸其中，乡愁便悄无声息地生根发芽，满树繁花。

我们惊喜地发现，在女儿的笔下，开化的馄饨汽糕、钱江源的四季、外婆家的油菜花，还有那远方青山竟如此鲜活灵动，给她留下如此深刻的记忆。不一样的乡村生活，已成为她远行时的眷恋。

“日暮乡关何处是？烟波江上使人愁。”故乡不仅是我们这一代人的故乡，已然也是孩子们的故乡。乡愁在代际之间圆满完成了交接和传承。幸甚至哉！

03

书行万里

烧卖与砖茶

听当地人说，老人们闲来无事便在吃完烧卖后，继续品着爽口的砖茶，唠唠家长里短，便可打发一晌午。谈笑间，肚子里的油腻早已灰飞烟灭。

内蒙古的美食数不胜数，作为吃货本尊，自是皆细品一番。不必说肉质饱满的烤羊腿，也不必说香醇浓厚的奶茶。在我眼里，烧卖就是内蒙古一张独特的名片。

橘生淮南则为橘，生于淮北则为枳。北方的烧卖和南方的烧卖就大不相同。不必说它的价格，也不必说其形状，单说它的买卖方式就令人耳目一新。

南方烧卖是面皮裹着糯米，常常和大饼、油条出现在同一个铺子里，按个卖。但凡出手阔绰的买的数量一般也不超过五个。而在北方，这可就大不同了。专卖烧卖的铺子不在少数。“笼”是这最小的计量单位，一笼至少五六个，大多数都是论斤卖的。“掌柜的，来半斤”“掌柜的，来两斤”，这样的呼声在每家烧卖铺里此起彼伏。

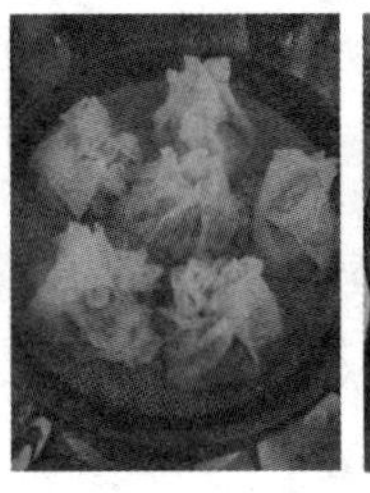

内蒙古烧卖和砖茶图

南方人吃烧卖大多不太讲究，但在北方，就必须配上杯砖茶。内蒙古砖茶是采用小叶种老青茶为原料，经过杀青、初揉、初筛等工序制成。这砖茶有何用？自然是解腻。何来“腻”一说？这与烧卖的馅料有密不可分的关系。

北方烧卖馅大多是大葱和羊肉，大葱去腥，羊肉才是主角。这儿的羊在广阔的草原里吃着天然的青草，呼吸着新鲜的空气，日日在星空下安然入眠，所以这里的羊肉没有一点膻味儿。

北方烧卖约有半拳之大，面皮却薄如一张宣纸，在光的照射下显得透彻干净，有如婴儿般的肌肤吹弹可破，在蒸笼里犹如朵朵纯洁的白莲绽放。嘴唇轻轻一抿，细腻的油脂合着大葱甘辛的汁水溢出皮儿来，小嘬一口，那温润的触感伴着羊肉的鲜、大葱的甜充盈齿间。用筷尖挑起烧卖，一口吞入腹中，待烧卖在胃中“落座”，饮少许温热砖茶，口中留有的油腻就散了。这才挑起我的食欲，不觉间半斤已下肚。正想再食一个，才发觉腹中早已装不下，便带着些怅然饮尽杯中茶水，心满意足地离去。

如果你习惯了快节奏的生活，准备急匆匆地塞几口或打包边走边吃，我劝你别辜负了烧卖的“盛情”——因为那样，完全品不出那一口烧卖一口茶的悠然自得。

听当地人说，老人们闲来无事便在吃完烧卖后，继续品着爽口的砖茶，唠唠家长里短，便可打发一晌午。谈笑间，肚子里的油腻早已灰飞烟灭。

都说一方水土养一方人。热气腾腾的烧卖和砖茶，相依相随，有滋有味，一如穹庐之下逐草而居的牧民豪放中带着细腻，悠远而淳厚！

金溪

落日的余晖染红了天边的云彩，金溪里一些纳凉的小屁孩们还在欢腾着。瞧，那父子俩和一个小女孩依旧大战着。青山披上了紫红色的纱裙，河畔的村庄升腾起袅袅炊烟，我们沉浸在金溪的柔波里久久不肯离去。

忙碌的七月，每日奔波在各个培训班的生活终于告一段落，真正的暑假拉开序幕。八月的天气格外炎热，阻挡了我外出的步伐，只能蜗居在空调房里。前两天，外公打来电话说开化老家很凉快，让我们心动不已。

我们驱车来到外婆家，一阵阵凉风迎面而来，可是再凉爽的风也抵挡不住炙热的暑气。在外婆家的院子里还没坐几分钟，豆大的汗珠不停地从额头滚落下来，妈妈决定带我们去她小时候经常玩耍的金溪去游泳。

站在金溪边，我被她美丽的景色迷住了。遥看金溪，她像一条绿丝带缓缓地流淌过村庄，围绕在青山脚下。 座座苍翠欲滴的青山，倒映在碧绿而优雅的溪面上。我撩起溪水，那光滑、轻薄又清凉的溪水从我手指尖“哧溜”一下溜了出去。要是在炎炎夏日，用这样清冽的山泉水洗把脸，那一定神清气爽！溪底有五彩缤纷、大小不一的小碎石，稍大的石块上爬满了墨绿色的小青丝，它们时而蜷缩在一起，时而探出小脑袋。听妈妈说只有水质非常好的地方才有这种青丝。逆流而上，时不时会看见三三两两的小鱼儿在水中欢快地游来游去。当我小心翼翼地靠近它们时，小鱼儿一下子逃得无影无踪。溪边镶嵌着许多被溪水冲刷得光滑可爱的卵石，石头之间隔着细缝，从细缝中冒出嫩绿的小草，草丛中隐隐约约能看见一些紫色的小花，它们把小溪装扮成一条淡雅的丝带。

突然，一阵阵欢声笑语打破了山谷的宁静，只见一群小朋友“扑通扑通”地跳进溪水中，溅起一朵朵银白色的莲花，仿佛进入了仙境。我再也按捺不住“怦怦”直跳的心，迅速冲进溪里，徜徉在溪水的怀抱中。

“哇，凉快极了！”我不禁感叹道，清凉的溪水轻柔地抚摸着我们燥热的皮肤。我“嗖”的一声钻进水中，阳光不再那么毒辣，空气也不再那么燥热，一切都那么惬意！我的身体被溪水温柔地拥抱着，我舒展着双臂，闭上眼睛，惬意地漂浮在水面上，尽情地享受着大自然的馈赠。正当我享受难得的凉爽时，突然从头顶射过一道水柱。我慌忙地回头一看，原来是爸爸也抱着郎少爷跳进溪水里了。就这样我们拉开了水中大战的序幕……

落日的余晖染红了天边的云彩，金溪里一些纳凉的小屁孩们还在欢腾着。瞧，那父子俩和一个小女孩依旧大战着。青山披上了紫红色的纱裙，河畔的村庄升腾起袅袅炊烟，我们沉浸在金溪的柔波里久久不肯离去。

天一阁

“人间度阁足千古，天下藏书此一家。”这副对联讲的就是闻名中外的天一阁。她坐落在古木掩映的宁波城中心的月湖之畔。秋日的周末，我们一家慕名游览了天一阁。

当我们走近她的时候，就仿佛闻到一股浓郁的书香气息，映入眼帘的是古色古香的大门。跨过门槛，踏着鹅卵石铺成的带有花纹的石子路，就来到了一尊古铜色雕像前，他就是天一阁的主人范钦。只见他头戴明代官帽，长相儒雅，身穿大袍，手握一卷线装古书，安详地坐在太师椅上，目光炯炯有神，凝视着远方，像是在深深地思考，又像在注视着每一位来客。他身后有一幅《溪山逸马图》浮雕作品，上面刻画着八匹神态各异的骏马。它们有的扬鬃踢蹄，有的在草坪上尽情飞奔，有的嬉戏嘶鸣，还有的在树林中悠然自得地散步，时不时低头细细咀嚼青草……

瞻仰完范钦雕像后，我们穿过一条狭长、幽静的走廊，便来到了天一池。池中央矗立着千姿百态的怪石，远远望去，有的像体形庞大的千年老龟，有的像威风凛凛的狮子王，有的像憨厚的大象，甩着鼻子，慢条斯理地走来。如果你想象力够丰富，眼前的池子简直就是一个奇幻动物园。

欣赏完天一池，走过一道道拱形小门，来到了著名的凝晖堂。这里存放着镇阁之宝——被学术界认为存世刻本之冠《兰亭序》。众所周知，《兰亭序》是我国大书法家王羲之的代表作，笔力雄厚，意味隽永，行云流水。最让人惊叹的是碑中20多个“之”字写法各不相同，像是神态各异的大白鹅，据说大白鹅是王羲之的“宠物”。由此可见，王羲之是一位情趣十足的艺术家。

徜徉在天一阁小桥流水、亭台楼阁之间，不知不觉中，来到了一座金碧辉煌的建筑前。建筑屋顶四周的角微微向上翘，上面各有一只小狮子眺望远方。横栏上方镶嵌着一块金闪闪的牌匾，上面书写着“游龙戏凤”四个狂草大字。抬头仰望，穹顶呈螺旋状的圆锥闪着耀眼的金光。环顾建筑四周，发现围栏上雕刻着祥云、神兽等图案，图案上点缀着金粉，使整个建筑看起来富丽堂皇。这就是天一阁别具特色的古戏台。抚摸着已经掉色的朱红木头柱子，好像听到了花旦明亮的唱腔，净角浑厚的音调；又好像看见了花旦头戴金钗，甩动着长长的水袖，翩翩起舞，净角踏着方步，手叉着腰，在台上威武地表演着。

秋日的阳光穿过树梢，柔和地映照在斑驳的围墙上，我抚摸小径旁长满苔藓的大石头和参天古木，感受到历史的悠久与岁月的沧桑。恍然间，我好似穿越时空隧道，与这座藏书阁的主人们进行一场跨越时空的心灵对话，倾听他们讲述如何将断残零落的书籍一本一本攒聚起来，并延绵数百年，为后人建构了一个精神家园。虽然不是很大，但已经足够了！

我仿佛看到黄宗羲来了，留下《天一阁藏书记》。余秋雨来了，留下脍炙人口的《风雨天一阁》。成千上万的游客来了，这座藏书阁又在每一个人心底留下什么呢？

醉在诗意的晚风里

不是所有的水都叫大海，也不是所有的风都叫晚风。它是四月天里黄昏吹着风的软，是夕阳下波动云霞的柔，它和夕阳一样带着诗一般的美。

每当落日沉浸于橘色的海，晚风便会沦陷于赤诚的爱。钱湖的秋色是阑珊的。迎着缱绻的夕阳走在湖畔，会看见天空烟青色的一抹夕阳在水里映出一片旖旎波浪。风吹过，好像春天里的熊来到开满野花的草坪上忍不住打滚，那随风起伏波光粼粼的浪，折射出黄晕的波浪，便是它含笑的眼眸呀。虽风过之处不觉有些秋凉，但缓缓闭上眼随风吹乱发梢，仿佛自己被风包裹在那赤橙而又赤诚的爱里……

晚风也会是诗意的栖居。有人总会感叹生活的繁忙让人忽略了身边的一切，也有人总会刻意停下脚步试图用相机挽留夕阳，可晚风却是怎么也留不住的，所以不妨用心去细品、去感受。走在繁忙的街道，闲逛在华灯初上的夜市，烧烤的香味伴着晚风吹来，让人远离焦虑，别装什么雅致，好好浸润在人间的烟火里吧。“老板来两串羊肉，一个玉米，再来一个烤馕，一瓶汽水！”“好，稍等哈！”烧烤师傅在滚烫的热浪里吆喝，五颜六色的调料瓶在火苗边伴舞，一会儿冲锋号角吹响，烤串配着汽水，一顿风卷残云，酒足饭饱的酣畅伴着额角的细汗在微醺的风中升华，我感受到了自己的存在，存在花花绿绿的大千世界芸芸众生之中——仅在昨天我还自以为是碎片，不住颤抖，杂乱无章，运行在生命的苍穹间。

现在，此刻，就在这市井的晚风中，我就是苍穹，我就是排列有序的碎片。其实无论何时何地，晚风吹过之处总会留下一片纯净的诗意。

探访“网红”村

其实城杨村“网红”的蜕变过程十分艰辛，凝聚了无数人的心血。第一书记张伯伯的带头苦干，从教授的知识引领，村民们的艰苦奋斗，还有一批热心乡村振兴的社会人士的积极参与，才成就了人们心心向往的“网红”城杨村。

早就听爸爸说，东钱湖畔有个城杨村，那里的景色美得令人赞叹。而最近，这个默默无闻的村庄突然火起来了，成了“网红”村，很多人慕名而来。

爸爸的一顿夸饰，我急欲一睹为快。大年初四，趁着万里晴空，我们一家来到了城杨村。

走进城杨古村，仿佛来到了世外桃源。俨然的屋舍倒映在绿水中，潺潺的流水穿过村庄、流过良田，荡漾在村民爽朗的笑声里。沿河的房屋青瓦白墙，墙上总会有无限的生机，或是懒洋洋的爬山虎伏于其上，或是几抹青绿勒出白绿相间。

古色古香的廊桥映着远处的青山融进了柔柔的碧波里。河堤总是别出心裁，你瞧，那排钢琴键不就是吗？流水抚过琴键别有一番趣味。春天的脚步近了，春江水暖，小鸭先知道哇！不远处，两只可爱的小鸭子身影正拥抱着久违的清流。

河岸，一块块、一条条的菜畦被院子的主人收拾得错落有致，几点新绿点缀其间，让我不由得恍惚，这难道是误入“湖阴先生”家了吗？

沿河岸走，你会发现些许新奇的玩意儿。那车站煞是可爱，朱红的窗框，青绿的屋瓦，蓝天白云，小桥流水跃然墙上。慈孝公园有个大雕塑，竟然是“稀松平常”的草帽，但足有三人高，成了城杨村的标志，“网红”打卡地之一。它让我想起了巴黎的埃菲尔铁塔，上海的东方明珠。在我心中，城杨村的大草帽完全能与它们相提并论。据了解，这是两位村民在丛志强教授指导下用了1500多公斤的毛竹创作而成的。估计设计者们认为草帽最能代表辛勤劳动者的形象。围墙上，大小不一的酒坛上勾画出老鹰捉小鸡的游戏，我们一家惟妙惟肖地模仿起来，哈哈！太有趣了！爸爸妈妈则陷入了孩童时代的有趣瞬间。普通的一间民房，成了有创意的军舰，让游客争先恐后地与之合影。这样有创意的场景数不胜数。

再往前走，一阵阵浓郁的咖啡香味不停地刺激着我的味蕾，寻香来到一座灰色小矮房前。略带西洋风的桌子、椅子、窗门，把人们一下子带回到了20世纪80年代。那极具网络流行元素的问候，“城杨，你好鸭”，让无数相机定格此景。爷爷家的宝贝，让接近失传的传统技艺重现出来，妈妈如数家珍地介绍，不小心暴露了她的年龄。

我好像真的长大了，可以和爸爸讨论并制订一个项目的调查计划了。

2022年2月6日下午，我采访原驻村第一书记，鄞州区鄞州乡乡村振兴协调科科长张健民，全面了解城杨艺术振兴乡村的背景和建设过程。

浓郁的艺术氛围包围着的城杨村，不想成为“网红”都难。

在实地考察采访中，我了解到，城杨村“网红”的蜕变过程十分艰辛，凝聚了无数人的心血。第一书记张伯伯的带头苦干，从教授的知识引领，村民们的艰苦奋斗，还有一批热心乡村振兴的社会人士的积极参与，才成就了人们心心向往的“网红”城杨村。

人，才是网红的关键！

地上的北斗七星——七星湖

走在湖中的木栈道上，好似漫步在浩瀚无垠的太空。小朋友们争先恐后地四处寻找属于自己的星座。

天上有北斗七星，其实地上也有北斗七星。它就是坐落在广袤的塞北草原上的明珠——七星湖。

暑假里，我们慕名来到乌兰布统大草原。那天天气格外晴朗，朵朵白云在宝蓝色的天空下悠闲地散步。走到一段木栈道上，神奇的七星湖便展现在眼前。

我们登上观景台，极目远眺，七星湖是由七个大小不一的湖组成，湖与湖之间由茂盛的水草、木栈道相连，远远望去，七星湖就像七颗星星散落人间，形成勺状，就像天上的北斗七星呀！

踏着柔软的青草，呼吸着泥土的芬芳，我们来到了仙境般的七星湖。湖边环绕着繁星般的浮萍，就像上帝赐予她的一个朴素的花环。湖中央长满了丰茂的水草，绿油油地、紧紧地挤在一起，像是绵羊身上柔软的绒毛。我想那一定是水生小精灵的家园。湖的四周围绕着连绵起伏的丘陵，在丘陵上矗立着挺拔的白桦树。一棵棵白桦树像威严的卫兵保护着七星湖，生怕有“不速之客”打破她的宁静。游客们纷纷拿着相机，一边啧啧称赞，一边不停地按下快门，想留住这美丽的人间天堂。

我们走近其中最大的一个湖，只见她好似一个大玉盘，又像水生动植物的乐园。湖水清澈见底，湖底的石子和小鱼清晰可见，就像是一面明镜，映照着世间万物。当天空飘来一条昂首挺胸的巨龙般的白云时，水面就映出同样的巨龙，此情此景令人惊叹！一只燕雀从湖面上轻盈掠过，飞速地扎进湖里，叼起一条银白色的小鱼，扇动翅膀，隐匿在白桦林里。

走在湖中的木栈道上，好似漫步在浩瀚无垠的太空。小朋友们争先恐后地四处寻找属于自己的星座。

七星湖是大自然的杰作，是镶嵌在乌兰布统大草原上的一颗神奇、秀丽的明珠。

中国石刻艺术瑰宝——龙门石窟

当我们来到伊河的对岸远眺北山，这延绵一公里的石窟艺术尽收眼底，我由衷地感叹道："龙门石窟不愧是先辈们留给我们、留给世界的宝贵财富。"

这个暑假，我们一家开启了历史之旅，从宋朝古都开封一路追寻到了十三朝古都洛阳。

一提起洛阳，大家肯定会想到著名的龙门石窟和雍容华贵的牡丹。这次洛阳之旅，我们就直奔主题——龙门石窟。

早晨，我们一家驱车来到了龙门石窟景区。远远望去，一条名叫伊水的大河从峡谷缓缓流淌，河面上一座座古朴的石桥飞架南北。走近大桥底下，映入眼帘的是雄伟的大门，上面镶嵌着一块牌匾，写着粗壮、有力的两个大字——龙门。

穿过厚重的石头拱门，一眼就看到北山的石壁上到处是错落有致、大小不一的洞窟，洞窟里面雕刻着各式各样的佛像。有的披着华丽的绸缎直立在石窟中，双手合十，好似在念经，普度众生；有的穿着朴素的袈裟，挂着佛珠盘腿坐在莲花宝座上，手自然放松，安详地闭着双眼，好似在修身养性；还有的身穿灰色的僧袍屈膝而坐，一手握着佛珠搭在膝盖上，一手五指并拢放在胸前，仿佛在修炼。据说从北魏开始一直到清朝，一千多年间，人们在龙门共雕刻了十一万余尊佛像。每一尊佛像造型都不一样，刻着人们心中的那个佛的样子，“说法者，无法可说，是名说法”。

来到北山正中，登上数百个台阶，矗立在眼前的是巍峨耸立的卢舍那大佛。这时正值正午，虽烈日炙烤着大地，但观赏大佛的人依然源源不断。我从人缝中抬头看到，大佛足有六层楼那么高，仅佛头就有一层楼的高度。他盘腿坐在一个巨型的莲花宝座上，双手轻轻放在膝盖上，脸上浮现出一丝笑意，看起来慈眉善目。大佛左右两侧是他的大、小弟子和两尊菩萨。在菩萨两侧分别有东海天王、西海天王、南海天王和北海天王。站在他们硕大的脚下，我就像小鸟一般大小。从北山对面看卢舍那大佛，他就像一位大家长带领众佛守卫着这方天地。当我仔细端详他们时，我发现西海天王和南海天王的脑袋上残缺不全了。导游阿姨告诉我们，这两尊佛像不是战争破坏，而是自然风化所造成的。望着这经历千年风雨洗礼的残缺佛像，令人唏嘘不已！但是对个人而言，这一千多年的沉淀，只为你来到所见的一刹那芳华，虽然短暂，但可领悟匠心、感慨岁月，足矣。

当我们来到伊河的对岸远眺北山，这延绵一公里的石窟艺术尽收眼底，我由衷地感叹道："龙门石窟不愧是先辈们留给我们、留给世界的宝贵财富。"

地球仪

读万卷书，行万里路。世界这么精彩，怎能不出去走走？

我家的书架上，摆放着一个小小的地球仪，上面布满了五颜六色的拼图、密密麻麻的线条和蚂蚁大小的文字。我小时候第一次看到地球仪，还差点儿把它当皮球拍呢。

那时，妈妈轻轻地转动着地球仪，告诉我这可不是一般的球，上面装着整个世界。我似懂非懂，就经常拿着地球仪拽着妈妈问一些傻里傻气的问题。为什么有的地方是黄色，有的地方是绿色？为什么每个国家都奇形怪状，而中国却像只大公鸡？为什么要画这么多乱七八糟的线条？……凡此种种。妈妈见我感兴趣，就握着我的小手，指着地球仪，教我认识不同的国家。每个国家的风土人情娓娓道来，我听得入迷，觉得这地球仪太神奇了，竟然装着无穷的故事和未知的世界。

记得我五岁的时候，爸爸去英国学习，几个月不见他，甚是想念。三番五次和他通电话后，我很奇怪，为什么晚上打电话过去，爸爸却在吃早饭？这时，妈妈就拿出地球仪，告诉我宁波的位置，然后自西向东转动大半圈，才找到伦敦。我用手量了量，宁波到伦敦也就是我小手一拃的距离。妈妈笑着说，你这一拃实际的距离，不得了，差不多一万公里！

对于万里之遥，我毫无感觉，但对于这个充满故事的城市，却心向往之。终于盼来了暑假，在飞往伦敦的航班上，从万米高空，透过机窗看到那一条条蓝色的细线竟是奔腾不息的大江大河。而地球仪上大片绿色的西伯利亚平原竟然覆盖着一望无际的冰雪。在吃了好几顿飞机餐、睡了好几回迷糊觉之后才抵达伦敦。我切身体会到地球仪上手一拃的距离竟是如此遥远。

上初中了，在地理课堂上，我仔仔细细地观察着地球仪，上面有数不尽的河流、山脉、平原，记录着季风和海洋流动方向。亚洲的湄公河平原上有精耕细作的稻耕文化印记，中东波斯湾地区盛产的石油经霍尔木兹海峡运往世界各地，非洲大陆上原住民们大跳草裙舞令人神往，美洲大陆上的科罗拉多大峡谷鬼斧神工，蓝色而宁静的太平洋上游弋着无数战舰与商船……

小小地球仪，包罗大世界。或许几百年前，哥伦布发现新大陆是从地球仪上获得灵感、明确方向的吧？

读万卷书，行万里路。世界这么精彩，怎能不出去走走？

未来，我将踏遍万里河山，闯荡天涯海角。然而，在浩瀚星空中，地球只是沧海一粟。也许有一天，我也可以从地球出发，飞向广袤苍穹，探索更多的宇宙奥妙。

读季羡林《留德十年》有感

俗话说，金窝银窝不如自己的狗窝。十年的时光可以改变一个人的学识，却无法改变一个人的道德观与责任感。

季羡林老先生把他自己在异国漂泊十余年的所见所闻撰写成《留德十年》，内容真实又平凡，却令我回味无穷。书中娓娓道来地讲述，我仿佛也跟着季老去留学，置身于20世纪三四十年代的德国，与季老先生一起颠沛流离，尝人生百味。

书中，弥漫着浓烈的爱国情怀和挥之不去的乡愁。刚开始我很难体会到季老先生这种海外漂泊思念祖国的情感。记得他说过，一生中有两位母亲，一位是亲生母亲，一位是祖国母亲等类似的话。书中没有华丽的辞藻，只有生活中一件件不足挂齿的小事。看到后来，我终于明白了，这种乡愁就是对亲人的思念，对祖国的牵挂。

记得在幼儿园的那个暑假，我们全家去英国旅游，一日三餐不是汉堡就是油炸物。刚开始我觉得很开心，每天吃大餐。

平时在家里我最喜欢吃的就是汉堡。可是，在英国吃了几天后，我就再也不想吃那干瘪的汉堡了。不禁想起了家乡的各种美食，想得最多的是家门口那不起眼的包子、馄饨，对那鲜美的汤汁的想念让我咽了咽口水。后来，我们一行人出去游玩，尽可能地找中餐馆。有一次，我们去了北爱尔兰，那里当地人比较多。大家开玩笑说，今天肯定找不到中餐馆了。“有炒锅铛铛声。”同行的一位阿姨惊喜地叫道。我们大家你一言我一语地调侃着，这么偏僻的角落怎么可能有中餐馆呢？是你想吃中餐出现幻觉了吧。没走几步，我好像也听到了炒锅的“叮叮当当”声。我们停下脚步侧耳倾听，没错，是有中国炒菜特有的锅碗瓢盆撞击声。我们循着“铛铛”声走去，真的找到了中餐馆。开饭了，我一口气把一大碗蛋炒饭消灭干净，那种从天而降的幸福感无以言表。我们只是出去旅游几天，真不敢想象季老留德那漫长的十年，没有家乡的美食相伴是多么可怜。

从第二次世界大战爆发到结束，季老先生想要回国的愿望与日俱增，战争结束了，苦难到头了，回国可盼了，好像阴暗的天空透射出了几缕阳光。透过文字，我深深地感受到了季老先生心中的窃喜。我从英国旅游回来的第二天一大早，就吃了一大碗馄饨、一笼小笼包，顿时感觉这才是人间美味。更何况季老先生出国十年，想必那思念祖国、渴望回家的情感必定更加强烈。

俗话说，金窝银窝不如自己的狗窝。十年的时光可以改变一个人的学识，却无法改变一个人的道德观与责任感。季老先生在《留德十年》中写道："我是一个有国有家有妻子有孩子的人，是我该回去的时候了。"是啊，新中国未成立前，国内积贫积弱，生活远不如欧美国家舒适，但她是漂泊在外游子们魂牵梦萦的故土。如今中国已然崛起，国力日益强大，无论先与后，中国都会敞开胸怀拥抱每一个爱国人士。其实爱国无须豪言壮语，也不一定要抛头颅洒热血，只需每个人从心底里去热爱她，爱她的家园、爱她的平常。

千帆过尽自从容——读《苏东坡传》

莫听穿林打叶声，何妨吟啸且徐行。
竹杖芒鞋轻胜马，谁怕？一蓑烟雨任平生。
料峭春风吹酒醒，微冷，山头斜照却相迎。
回首向来萧瑟处，归去，也无风雨也无晴。

他一篇才华横溢的文章令当时的顶流——欧阳修爱不释手，称“他日文章必独步天下”。当朝皇上、太后都成了他的“粉丝”，一时名满京城，他就是苏东坡。

按照常规逻辑，才华横溢的苏东坡应该一路坦途，平步青云。然而，乌台诗案，这一巨大打击成为苏轼一生的转折点。因为一首诗，御史台的御史犹如恶狗般非要置苏轼于死地不可。自此，他从天上跌落人间，直至地狱。

“乌台”的监狱，不是人待的地方，如一口百尺深井，禁锢着他。这一折磨就是一百三十天。这不仅是身体上的折磨，更是精神的炼狱。

在一个漫天飞雪的黄昏，苏东坡落魄的背影远离了曾经报效的朝廷。一路风餐露宿，惶惶间，来到了荒芜的黄州。昏暗的小屋，凄凉的鸟鸣，“拣尽寒枝不肯栖，寂寞沙洲冷。”从此，名不见经传的黄州，与这位失意落魄却风骨犹存的诗人相会了。

在黄州的日子是清苦的。他拿起锄具，奔走于草野，在自命“东坡”的那块土地上过起了清贫而丰满的日子。他累了，就喝口酒，困了就躺在地上睡一觉。“事皆前定，谁弱又谁强。且趁闲身未老，尽放我、些子疏狂。百年里，浑教是醉，三万六千场。”

远离京城的喧嚣，屏蔽了朝廷的争吵，安静下来的苏东坡，已经适应甚至享受日出而作，日落而息的生活。“江南好，千钟美酒，一曲满庭芳。”友人的畅聊，寺中的禅意，士卒、走夫、厨娘、酿酒师都成了他排解寂寞的对象，也给予了他精神上的慰藉。此时的他，已渐渐摆脱忧虑，收起心高气傲，在无边的寂寥中慢慢沉淀，把满腔的热血慢慢融化为人性中的豁达和宽容。

也许，上苍觉得命运对他折磨得还不够。有一天，官府竟收回了他的“东坡”。失去栖息之所的他，已不再生气，因为豁达的灵魂早已“大江东去，浪淘尽”。

那年的三月，阳光明媚，他穿着草鞋，手持竹杖，腰间挂着美酒，早早出门去沙湖看田。行至途中，天居然下起了瓢泼大雨。野旷天低，无处避雨。同行皆狼狈，唯东坡不觉。哀怨有用吗？没用。那不如快乐前行！此时，雨下得正急，击打在他那瘦削的脸颊上，模糊了他的双眼。这无情的风雨，又怎能洗刷他一脸的坦然呢。“一点浩然气，千里快哉风。”那是何等的酣畅淋漓！风止，雨歇，他潇洒、恣意畅快地走出树林，吟唱一阕《定风波》：

莫听穿林打叶声，何妨吟啸且徐行。

竹杖芒鞋轻胜马，谁怕？一蓑烟雨任平生。

料峭春风吹酒醒，微冷，山头斜照却相迎。

回首向来萧瑟处，归去，也无风雨也无晴。

面对一波三折的仕途和恶劣自然环境的双重打击，苏东坡从悲愤惶恐到从容淡定，那是历经千帆举重若轻的沉淀，是突出重围后的豁达通透。

往事越千年，归去，也无风雨也无晴。千年的时间长河中，试问成功突围者能有几人？

爸爸寄语
——逐梦前行，行稳致远

记得女儿很小的时候，妻子就给她买来《中国历史》《中国地理》等丛书，给她讲异域风情、名山大川。我俩还经常跟她一起看纪录片，其中《航拍中国》就是她最喜欢看的一部。

有一天女儿问我：“爸爸，什么时候带我出去走走，看看外面的世界？”“纸上得来终觉浅，绝知此事要躬行。”于是，我和妻子就商量，以后每年带着她去一次远行。15年来，我们与女儿一起践行着“读万卷书，行万里路”。

- 2010年 女儿1岁，上海世博会
- 2011年 女儿2岁，上海参加我的博士毕业典礼
- 2012年 女儿3岁，香港迪士尼
- 2013年 女儿4岁，贵州
- 2014年 女儿5岁，英国伦敦、北爱尔兰
- 2015年 女儿6岁，美国西海岸一号公路
- 2016年 女儿7岁，北京
- 2017年 女儿8岁，西安、厦门

一书一世界

2018 年	女儿 9 岁，张家界
2019 年	女儿 10 岁，北海
2021 年	女儿 12 岁，重庆
2022 年	女儿 13 岁，内蒙古、山西
2023 年	女儿 14 岁，上海
2024 年	女儿 15 岁，厦门

一路走来，且行且思考。从爷爷家门口的小溪到钱江源的山山水水，从城中心的天一阁到偏居一隅的东钱湖，从城杨古村到魔都上海，从香港迪士尼到英国的康桥，从美国科罗拉多大峡谷到……

我们一起探索了更广阔的世界，见证了行走的力量。正所谓：行万里路，方知天地之广阔。为什么要去远方？诚如诗人雷抒雁的那首《远方》中所说："我要到远方去，我不希求天堂，我的幸福在于飞翔！"

是的，孩子，远方很远，但若不背上行囊，亲自去追，你永远不知道你的梦比那远方还远。我想这就是我们陪你走向远方的意义所在——追梦与圆梦！

远方的道路或蜿蜒曲折，或平坦舒缓，但是风景无处不在，收获如影随形。路虽远行则将至，事虽难做则必成。因为有梦，所以勇敢出发，选择出发，便只顾风雨兼程。没有比人更高的山，没有比脚更长的路，青春虽无法永恒，却可以无悔。

逐梦前行，行稳致远。

04

这也是成长

我的梦想

“好看的皮囊千篇一律，有趣的灵魂万里挑一。”但我依然喜欢所有美丽的事物。

小时候，我就是一个爱臭美的“小妖精”，最爱干的事是拿妈妈的化妆品躲在角落里给自己化妆。如果妈妈新买的化妆品找不到了，十有八九是被我“偷”走了。有一次，我还因为爱臭美这个小癖好而出了丑呢。

记得那是二年级的暑假，窗外暑气逼人，蝉儿热得直叫唤，我待在家里坐卧不安。忽然，我的目光落在了妈妈的梳妆台上，我一个鲤鱼打挺从床上弹起来，拿出所有的化妆品，对着镜子化起妆来。一会儿拿着海绵垫把粉底往脸上涂了一层又一层，一会儿握着口红在嘴唇上抹了一遍又一遍，眉笔、眼影、腮红，妈妈所有的化妆品都在我的脸上尝试了一遍。正当我对着镜子打量自己的“杰作”时，妈妈急匆匆地推门进来对我说：“小妞，妈妈要去趟学校，你是待在家里还是跟妈妈去学校？”我毫不犹豫地说：“那肯定是跟妈妈一起走。”

于是，我们便来到学校。走进门卫，一个熟悉的背影出现在我眼前——竟然是我的班主任许老师。许老师头一转，看了看我，眼睛一亮又惊奇地说："汪书行，这个暑假你怎么没晒黑，反而变白了呢？"妈妈听了许老师的话半信半疑地往我脸上瞟了瞟，随后便抿着嘴笑了起来，并不停地向我打眼色。我一下子明白过来，原来今天我化妆了！顿时，我得意的表情一下子僵住了，背上的冷汗"嗖嗖"直冒，我慢慢地往妈妈的背后躲，真想把自己变成隐形人，溜得无影无踪。许老师发现了我的尴尬，便转移了话题。

虽然这件事对我来说有点尴尬，但是每每看到妈妈的化妆品，我的手总会痒痒的，总是忍不住会拿起化妆品往脸上涂涂抹抹。妈妈对我说，爱美之心人皆有之，妈妈不反对你化妆，但不能因为爱臭美而把学习耽误了。

随着年龄的增长，我的审美观也悄悄发生了变化，我开始懂得了关于美的更深层的解读。"好看的皮囊千篇一律，有趣的灵魂万里挑一。"但我依然喜欢所有美丽的事物。我也开始围绕着那些美好，建立了很多属于自己的梦想。

我梦想长大后当主持人、钢琴家、舞蹈家……有一段时间我又将梦想定格在成为一名服装设计师这个美好的职业上。

每当我和妈妈一起逛街的时候，我的脚步总是被服装店橱窗模特身上漂亮的衣服吸引。我还特别喜欢模特走秀节目，那一位位模特身穿时尚、华丽的服装，昂着头、挺着胸，自信满满地走在T台上，那样子像极了生活中的王者。每当看到这一幕，我就会不由得想："要是我能拥有这些服装多好呀！要是我能设计这样的服装多棒呀！"

记得有一次，我参加了模特走秀活动。那天，我穿上了美丽的白纱裙，在舞台上自信地迈着脚步，台上所有的灯光聚焦在我身上，台下所有观众的目光也聚集在我的身上，自豪感油然而生，穿上漂亮的衣服感觉太奇妙了，它让我不再紧张害怕了，反而使我变得自信无比。每当我想起这件事，当服装设计师的愿望就更加强烈了。

假如我以后能成为服装设计师，那么现在我就应该为之努力，奋力前行。学好每一门课程，了解各国的风土人情，因为作为服装设计师所设计的服装必定要量体裁衣，同时还要根据不同国家、民族的风格来设计，这样才能让世界各国人民都喜欢我设计的服装。

那段时间，我最大的梦想是我设计的服装能登上世界的大舞台，它不仅能带给人们温暖，还能使人们变得自信，给每个人的人生添上缤纷的色彩。

当然，成为一名服装设计师，已经不是我现在的梦想了。我的梦想好像一直都在变化，不管我的梦想如何变化，爸爸妈妈对我的支持和欣赏却从没有改变过。他们一直是我的"粉丝"和导师。他们说："对于现在的我来说，确立什么样的梦想并没有那么重要，真正重要的是享受确立梦想之后为之努力奋斗的过程，并能通过这个过程寻找到真正的自己和生命的意义。"

这也是成长

其实，每一次失败，就是一次蜕变，而在痛苦的蜕变过程中却能塑造更完美的自己。经历失败，超越自我，这也是成长！

在我们成长的道路上，难免会遇到失败。面对失败，有的人轻易言败，萎靡不振，继而一无所获；有的人则重整旗鼓、永不言弃，终将硕果累累。两年前我就经历过一次刻骨铭心的失败，让我的心灵经受了一次洗礼。

那是两年前的一次现场绘画比赛。初赛时，我以一等奖的成绩拿到决赛的入场券。踌躇满志的我信心满满地到了决赛现场，却发现参赛选手大多是高年级同学。他们胜券在握的样子，仿佛身怀绝技的武林高手，让我不由得紧张起来。当时我才读三年级，年龄和身高都比他们差了一大截，感觉简直就是来给高手们做陪练的。

比赛开始了，我瞅了瞅四周，只见选手们有的人提笔随意挥毫，有的人握笔勾线涂色，还有人拿笔细细勾勒，一个个都胸有成竹。我感到一丝害怕，战战兢兢地拿起笔在纸上慢慢地涂抹起来，一会儿把直线画得歪歪扭扭的，一会儿又把图形画得太小了。我的手不由自主地颤抖着，越来越感到力不从心，毫无把握。比赛接近尾声，我还有部分颜色没有涂好，只能慌张地潦草收尾，无奈地上交了作品。走出赛场，周围人们的说笑声显得那么刺耳，好像在嘲笑我一般，令我心烦意乱，感觉空气仿佛也充满了伤感的味道。比赛结果公布了，我一无所获，泪水忍不住从眼眶里滚下来。

很长一段时间，我都很难从失败的阴影中走出来，甚至对绘画产生了畏难情绪。在妈妈的开导下，我清楚地意识到自己的缺点和不足。赛前我准备不够充分，绘画基本功不够扎实。比赛时，面对高手，我胆怯、惊慌，暴露了心理素质不够好的弱点。再加上我的绘画作品创意不够新颖，笔法也不够老练，因此注定会失败。此后，我正视缺点，勤学苦练基本功，努力克服怯场心理，终于在后来的一次比赛中荣获了一等奖。看来成功总是垂青于勇于面对失败的前行者。

其实，每一次失败，都是一次蜕变，而在痛苦的蜕变过程中却能塑造更完美的自己。经历失败，超越自我，这也是成长！

午后·童年·时装秀

每每翻开相册，看到这几张照片，我总会开怀大笑，那有趣的一幕幕便展现在我眼前。

我的童年充满了欢声笑语，有许多趣事如同宝石一般点缀着我的童年，其中有一件事令我想起来就忍俊不禁。

暑假的一天下午，太阳火辣辣地炙烤着大地，空调房外如同蒸笼一般，我和妈妈在清凉的房中睡午觉。妈妈是睡着了，可我听着窗外一阵又一阵的蝉鸣，却辗转反侧毫无睡意，想干些什么却又不知道该干啥。正当我对着天花板发呆时，脑海中闪现了一个主意：来个服装秀吧！一想到这里，我就兴奋不已。我蹑手蹑脚地下床，溜进衣橱，翻箱倒柜掏出被子、围巾和衣帽抱在怀里，溜出房间，站在衣镜前，美美地打扮起来。

首先把花格子被子打了一个蝴蝶结系在腰间当花裙，然后把小被子披在肩上当衬衣，接着将米黄色毛毯围在脖子上，最后把白色小毯子搭在头上当头饰，“大功告成！”我自言自语道。抬头看看穿衣镜中那个古灵精怪的我，顿时觉得自己像极了动画片中的魔法公主。抬了抬眉毛，微微一笑，我便不由自主地说起了动画片中的几句经典台词。我一会儿变成摩登女郎，一会儿变成新疆姑娘，对着镜中的自己，我喜不自胜，情不自禁地跳起舞来。从沙发上跳到吧台上，再从吧台上转到茶几上……一首首不成曲调的小曲，从我嘴中唱出。我感到地板上、沙发上的衣服都在为我狂欢。那窗外一阵阵蝉鸣，一阵阵树叶沙沙声都在为我伴奏。

累了，我就一屁股坐在地上，对着镜子发呆，总觉得脸上少了些什么，“对了！”想起来了，我拍拍脑袋喃喃自语道。话音刚落，我就奔到化妆台根据服装的搭配化起妆来。正当我玩得尽兴之时，只听一阵咔嗒咔嗒声，扭头一看，原来是妈妈拿着相机趁机偷拍我这个“小妖精”。

每每翻开相册，看到这几张照片，我总会开怀大笑，那有趣的一幕幕便展现在我眼前。童年确乎像极了午后的太阳暖暖的，放在心底也是柔柔的。

意面汪

从那以后，做意面就成了我的绝招。闲暇时，我总会收到不少订单，有家人的，有邻居的，还有闺密的……

冯骥才笔下的刷子李、泥人张、苏七块和张大力，各个身怀绝技，令人拍案叫绝……别看我年纪小，实不相瞒，我也有一项绝技——做意大利面。若是让我给自己取一个像他们一样的名字，我准会毫不吝啬地给自己取名为“意面汪”。

说起我的拿手好戏——做意面，其实，我也记不得自己是怎么迷上的，只是依稀记得我第一次吃意面时就被它那酸甜软糯的味道吸引，以后每每去那家餐馆时，我总会点意面，百吃不厌。

为了能随时随地吃到这美味的意面，我钻进了厨房，开始捣鼓起来，跟着直觉调配所谓的意面。“先放番茄、肉末吧！”我一股脑地把它们放进烧热的锅中，迅速翻炒，然后再去煮些面条……在我一顿神操作后，“汪氏意面”正式出炉。用鼻子粗略地闻了闻——还真有那么点意思，貌似与餐厅中的意面差不多。我赶紧拿起筷子尝了一大口，没等我嚼两下，那刚入口的面被我无情地从嘴中吐落垃圾桶。“什么鬼吗？这根本不是意面，那么咸！一点儿也不酸甜，更别说软糯了！”我大声地指着出炉的意面嚷着。唉！第一次做意面以失败而告终，本想让家人夸我几句的念头也很快打消了。

但我没有放弃，每次看电视时，总会把频道调成美食制作，希望从中获取灵感……

在我的一番精心准备和选材后，我信心满满地走进厨房，开始了我的烹饪。除了按照网上搜来的制作方法及配料，我还大胆创新，在调制酱料时，我在其中加了几滴柠檬汁、一点黄油、几颗冰糖、几片玫瑰花瓣、一些苹果丁来调匀，然后开着小火炖，直到把番茄汁全部煮成黏糊糊的如羹状。在煮面时，我在水中加了一勺盐，几颗冰糖，然后用小火炖，直到意面变软又富有弹性。在装盘时，我还不忘在上面撒些干酪片，放进预热好的烤箱中焖个几分钟，让酱汁与面完美融合。只听“叮”的一声，面好了，“汪氏意面”新鲜出炉。

我小心翼翼地端出来摆在桌上，迫不及待地用指尖蘸了点酱汁，含进嘴中，哇！简直比餐厅中大厨煮的还要好吃！这味道仿佛让我置身于开满玫瑰的花园，又好像漫步在瓜果飘香的果园……许久，我如梦初醒，赶紧叫大家来品尝，他们都大呼好吃，尤其是弟弟，更是一口气把它吃了个精光，还把盘子上的酱汁也舔了个干净。连平日对吃最挑剔的妈妈也对我独创的“汪氏意面”赞不绝口！当外婆向我讨教意面做法时，我只是“邪魅一笑”，这是我的汪氏秘方哦，不外传！

从那以后，做意面就成了我的绝招。闲暇时，我总会收到不少订单，有家人的，有邻居的，还有闺密的……没办法，谁叫我是“意面汪”呢！

童年的玩伴

时间荏苒，我就要小学毕业了。那些儿时的玩伴在记忆深处渐行渐远。每当夜深人静时，偶尔会想起与它们共度的快乐时光，心中不由得流过一阵暖流。

周末的午后，我坐在窗前，沐浴着阳光，不禁回忆起童年的往事，嘴角不由得微微弯起。

小时候的我是爸爸妈妈的掌上明珠，想要什么就有什么，尤其是玩具，堆积如山。在成堆的玩具中，最深受我喜爱的非“长耳朵呆萌兔”莫属了。那小巧灵动的绿豆眼令人心生无限的怜爱，再加上那呆呆憨憨的样子，简直令人无法拒绝。自从把它抱回家的那一天起，我几乎成天与它待在一块儿。洗漱时，把它抱在怀里；吃饭时，把它放在碗边；晚上睡觉时，把它搂在怀中，和它一起听故事，似乎觉得只有抱着呆萌兔，才会有安全感。无论何时，它总会带着一抹淡淡的微笑，让我感到温暖，不再寂寞。

在童年所有玩伴中，称得上真正意义的宠物，只有“小翡翠”

了。“小翡翠”其实是我养过的一只小鹦鹉。在家里，它日日吃喝不愁，享受着窗外鸟儿吃不到的山珍海味。那时，我总会抽出不少时间逗它玩，教它说话，把自己的坚果与它分享，抚摸它那靓丽的羽毛。尽管这样，一日，它“越狱”了，可能是一时心血来潮，想出去闯荡一番，去寻找更广阔的天地；也可能是厌倦了这种“衣来伸手，饭来张口”的生活。于是它坚决地挣脱了鸟笼，朝着树林深处飞去。也许它会经历风吹雨打，但我想这也许是它最好的归宿。如今每每想起来，心中总是牵挂不已。

上小学不久，最吸引我眼球的是《大中华寻宝记》这套书。它吸引我的不仅是精美的图画，还有那有趣的情节，使我足不出户就可以了解大千世界。只要花短短的半天，就可以了解广袤的祖国大地。这套书我来来回回看了几十遍，百看不厌。有好几次抵挡不住诱惑，作业还没做完就按捺不住地看了起来。有时一看就是大半天，等妈妈来检查作业时，才发现作业还没有完成。这下糟糕了，妈妈下了死命令，今后没完成作业，决不可以看课外书。后来，我为了能更自由地看书，就尽早完成作业，有时偷偷借着帮大人买菜、倒垃圾的时间，溜到外面看起了它！那惬意的感觉无以言表！

时间荏苒，我就要小学毕业了。那些儿时的玩伴在记忆深处渐行渐远。每当夜深人静时，偶尔会想起与它们共度的快乐时光，心中不由得流过一阵暖流。

童年的玩伴，如同一个个刻度，记录着我的成长轨迹。

斩妖记

在下家里有爸爸、妈妈，这么长时间没回家，估计他们要找我了，你能送我回家吗？

话说今天是个好日子——本尊的生日。

家里来了许多客人，其中就有一位怪叔叔，他不仅外貌奇怪，送我的礼物也很奇怪，竟然是一株含苞待放的无名花。那花呈淡紫色，有牡丹之富贵，玫瑰之妖魅，更有郁金香之芬芳。我见了喜不自胜，赶紧收下礼物，放于桌头，静静地对着无名花发呆。

正当我全神贯注地发呆时，那花香越发浓郁，散发出紫色的光芒，而后竟慢慢地盛开了。里面走出一个拇指小人，见光后竟变成了一位比我高一个头的少女。“你好，”那个少女对我说，“我是来自奇花王国的花尊，如今奇花王国因霸王花的到来而陷入内乱，天选之人请高抬贵手，救救我奇花王国的百姓。”我一听是来求我斩妖除魔、行侠仗义的，二话没说连忙答应。

不一会儿，我穿过无名花来到了花中的宫殿。奇花王国中每个人都有自己的专属武器，而这武器正是由自己的灵魂所变。“现在请你闭上双眼，来召唤你的灵魂。”花尊缓缓地说。我按照花尊所说施出法力，竟成功召唤出灵魂——一只九尾狐。“这九尾狐，由你的精神力量所控制，现在我将会把一身功法传给你，准备好了吗？”花尊的指令又传来了。我点了点头，回答道：“准备就绪。”说着就盘腿坐下，花尊在我身后坐下，用手掌顶着我的后背，口中念起叽里咕噜的咒语。此时，我感觉一股很强大的力量，由脊椎骨传遍全身，疼痛万分。我咬牙强忍着。心想，奇花王国的白姓还等着我解救，一定要坚持，再坚持。

终于花尊把祖传功法传与我了。我在花中的梦魇之下，骑着九尾狐来到霞王仙宫殿前，大声叫喝道：“你这妖怪，把整个奇花王国搅得鸡犬不宁，今日非灭掉你不可，还天下一个太平。若敢说半个不字，我就……”没等我说完，只见狂风袭来，一个面目狰狞的妖怪，从风中走出来，用尖锐的声音说道：“你是哪路毛孩？不会是预言中那个天选之人吧？没想到你的灵魂是只野狐狸，今天我要好好教训你。”话音刚落，他便拿着宝剑朝我刺来，我使了个分身术，抵住他的狂风暴雨，转身绕到他身后，谁料他的多只眼睛早发现我的一举一动。一扭头，他用宝剑刺向我，我赶紧翻了个筋斗云，才得以逃脱。我想这怪物果真如传说所说，那样全方位无死角。

据传，妖怪的致命弱点在腰部，虽有深邃的目光，但看不得很细的东西。我茅塞顿开，驾着九尾狐，又来到妖怪面前，把九尾狐的一条尾巴变成大七彩宝剑，与妖怪大战一百多回合，剑剑对着妖怪的腰部。斗着斗着，我发现那妖怪有点不如刚才那样猛烈，便使了个脱身法，用假身抵挡妖怪的攻击，而真身变成一个蜜蜂，绕到他的腰部，轻轻地趴在后腰，把九尾狐另一条尾巴变成一把匕首，用力刺向他的腰部。只见那妖怪霎时泄了气，现了原形。仔细一看，原来是个霸王花。这时花尊赶了过来，看见那没了生气的霸王花，不禁笑逐颜开："哎呀，汪书行，你真是奇花王国的大救星啊！不如留下来吧！"我笑着回答道："不用了，在下家里有爸爸、妈妈，这么长时间没回家，估计他们要着急了，你能送我回家吗？""可以，当然可以，以后想来奇花王国，用你的意念就可以了。"说着，花尊用那纤细的手指点了点我的额头。

我睁开眼睛，发现哪里有什么花枝，一切都没变，只有昨晚快递叔叔送的花还在床头柜呢？

原来这是一场梦啊！

爸爸寄语

——有一种爱叫放手

都说现在的孩子是生长在蜜罐里的一代，其实不然。人的成长，不仅仅依靠外在条件，更多的是需要心智的磨砺和心路历程的跋涉。在女儿作文的字里行间，记录着她成长中的尝试和挫折、痛苦和欢乐、期盼和梦想。我们看到了女儿一点点地蜕变，慢慢地成长。

都说陪伴是最长情的告白。在陪伴孩子的时光里，我有时在思考，身为父母，我们该给孩子怎样的教育？或者说，父母应该怎样爱孩子？

我以为，首先是心怀感恩。在孩子的成长中，父母陪伴孩子的时间是有限的。许多人为我们孩子的成长辛勤付出。幼儿园老师们放学后无数次默默地陪伴；小学老师们手把手教识文断字，不厌其烦地纠正低级错误；初中阶段，面临学业压力增大和青春期的萌动，孩子们焦虑了、困惑了，老师们不急不躁，陪着稳稳地往前走；同学之间课余嬉笑打闹，让枯燥的校园生活变成乐不思蜀的桃花源。正是这些润物无声的付出和爱，让孩子的成长之路充满温暖和力量。作为父母，如果说给孩子以爱是一种本能，那么教会孩子心怀感恩则是一种美德、一种善良。心怀感恩，所遇皆美；心存善念，所遇皆暖！

其次，科学对待孩子的模仿。女儿从小就是一个公主控，家里的白雪公主、布艺娃娃、化妆玩具买了一大堆。连睡觉的时候她都抱着心爱的玩具。三四岁的时候，整天穿着冰雪公主的同款裙子在镜子面前显摆，模仿动画片中的人物。看到妈妈用口红化妆，她亦步亦趋地学起来。看着奶奶包粽子做饭，她也偷偷学着做……其实，孩子最大的能力恰恰是模仿。在模仿和尝试中，孩子们掌握了生活技能、学习了创新思维。《教育史教科书》的作者孟禄认为，教育起源于儿童对成年人的无意识的模仿。然而，很多父母并不明白孩子为什么会重复那些毫无意义的语言、表情、动作、行为等，便对孩子横加干涉。这种做法恰恰破坏了孩子模仿敏感期的正常发展，阻碍了孩子认知和智能的发展。当我看到女儿作文里写道："那些儿时的玩伴在记忆深处渐行渐远。每当夜深人静时，偶尔会想起与它们共度的快乐时光，心中不由得流过一阵暖流。"很庆幸当初我们没有过多干涉女儿的模仿。

再次，允许孩子犯错误。孩子的成长过程中，必然经历周遭环境的改变，视野和交际圈的逐步扩大，这些改变既会带来全新的问题和挑战，也会带来全新的机遇和梦想。进化心理学家哈瑟尔顿和列托说过："人类是以不断犯错的方式，来适应世界的。不允许孩子试错，意味着我们正在谋杀孩子们的生命力。"英国的家庭教育就很提倡父母们进行试错教育，让孩子们自己动手去做事情。让孩子们不断尝试新鲜事物，不断地犯错，然后在错误中学习到新的东西，不断地成长。我想，作为父母，仅仅给予爱是不够的。我们还要学会放手，鼓励孩子们大胆尝试，允许试错，甚至包容他们的恶作剧。

最后，要学会放手。在父母的心中，希望孩子们永远都是自己手心里的小宝贝小可爱。但是孩子们为了求学，为了工作和生活，他们终将离开家奔向远方。因此，我们需要理智地放手，帮助他们慢慢承受压力，走向真正的独立。因为有一天我们也会老去，而孩子们终究要学会独自去面对生活中的一切。渐渐地，我体验到了英国心理学女博士的那句话："这个世界上只有一种爱以分离为目的，那就是父母对孩子的爱。"

亲爱的女儿，我们爱你，却还要亲手把你推到与我们分离的道路上去。正所谓有一种爱叫放手。

这是一种不舍的疼痛，却又是满怀着幸福的希望。

05 青春是最美的诗

宁外趣事一二

她那年轻的心态，仿佛跟我们一般大小！从她温柔的批评、幽默的话语里，我们如沐春风，倍感亲切。

钱湖畔，宁波外国语学校（简称宁外）的校园有如世外桃源，别具一格。亭台楼阁向你诉说历史的芳华，小桥流水向你诉说自然的神奇，而我则向你诉说师生间的小美好。

宁外的老师们都是如出一辙的幽默，或奇特的口头禅，或别样的称呼，或丰富的课堂……比如科学竺老师常挂在嘴边的“没关系，问题不大”。历史张莉莉老师为了让我们更好地理解分封制，就把班级同学任命为周天子及各诸侯国王，被我们亲切地称为“历历”姐。远的姑且不再赘述，接下来就谈谈我们与石老师——Helen之间的趣事吧！

从开学到现在，才几个月工夫，咱班就冒出不少口头禅，诸如“卒”“危”“去世”“猪猪侠”等。这些口头禅像“流行病”一样迅速传播，几乎每天都被大家咀嚼几百遍，不过几天就尽人皆知。有不少同学被“病毒”感染极深，以至于在课堂上冷不丁冒出来，引起哄堂大笑。这让老师们头疼不已，花不少心思来平息一波又一波“疫情”。这事传到Helen耳中，这简直是必然的。本以为我们全班都“危”了，不过Helen似乎并未把这事放在心上，反而也主动感染了这波“流行病”。有时她会故作叹惜地看着窗外的盆栽说：“唉，这些植物没养几天就‘卒’了，不知是哪位‘猪猪侠’这么不负责任！”有时她会用温柔的语言说着最“狠”的话：“如果有些同学实在不能控制自己嘴巴，那我就give you colour see see！”不等Helen说完，我们已经笑得前仰后合了。不过笑归笑，事后我们还是有意无意地注意自己的言行。虽然“病毒”一时半会儿无法斩草除根，但“确诊人数”日渐减少。

再说我们班best沈，他是极为凡尔赛的。放眼望去，全年级找不出第二个像他这样的“品种”！几乎每次晚自修下课时，他总会用抱怨的语气炫耀着：“危，没有作业可以做了。”然后起身插着口袋穿梭在座位间，炫耀自己的“业绩”。这无形中给其他同学造成压力，让还在奋笔疾书的同学不由得冒出冷汗。不过，有一次，正当他起身炫耀时，Helen幽灵般地出现了，乘其不备拍了拍他的肩膀，让高大的best沈瞬间矮了半截：“哎呀，我们小沈同学咋这么闲？这是要装可怜，还是想再做点作业？要不然抄几遍课文，背几篇典范吧！”Helen既温柔又严厉的话音刚落，前一秒得意扬扬的best沈，后一秒就乖乖掏出了课外练习本默默地做起来，好久都没敢吱声。我们心里偷偷乐起来，看来唯有 Helen 才能降住这“嚣张”沈了。

据说 Helen 的女儿已经大学毕业了，她应该年纪不小了吧。但她那年轻的心态，仿佛跟我们一般大小！从她温柔的批评、幽默的话语里，我们如沐春风，倍感亲切。

正是这群有趣的老师和同学，每天都发生有趣的故事，让校园充满魔力。

宁外的环校公路

闭上眼，感受这美好，我感觉身体越来越轻，好像在天空中自由地飞翔……似乎就这样，在善解人意的公路上，我走进了宁外。

整个暑假，我都是在期待中度过的。九月的微风带着落叶，也带给我好心情。我背起早就准备好的行囊，真真正正来到了期待已久的宁波外国语学校。

车缓缓驶过学校大门，爸爸手扶方向盘左转弯沿着依山而建的公路往宿舍楼开去。这时，校管老师骑着电驴，挥了挥手，带着沙哑的嗓音喊着：“这是单行线，进校园往右转。”爸爸沿着老师所示意的方向开去，我们不约而同地发现这是一条环形公路。

短暂、艰苦的军训之后，接踵而来的是充实而又忙碌的“三点一线”校园生活。清晨，在朝阳下，我踏着被朝露润湿的公路走进课堂；中午，在欢声笑语中，我踏着被阳光烘得暖暖的公路走向食堂；夜晚，我拖着疲惫的身体，沿着银白色的公路走向宿舍，进入梦乡。日子一天天过去，就这样我从环校公路匆匆走来，又匆匆离去。环校公路没有惊天动地的景观，它朴实无华、默默无闻，陪伴在我们身边，让人不经意间就会忘却了它的存在，似乎也只在闲暇或归家时才记起它的模样。于是，我在与世无争的公路陪伴下走进了宁外。

一天午饭后，阳光正好，槐花、菊花开得正旺，我的好心情却被烦恼吞没。沿着公路走向教室，一路上，金黄的落叶纷纷扬扬飞舞着，我却无心欣赏，踩在枯叶上那刺耳的咔嚓声更使我心烦意乱。正当我眉头紧锁、满脸惆怅时，一片枯叶落在脚边，仰头撞入眼帘的是满天米黄色的小花，开得那么无拘无束、天真烂漫，一点点蓝天的碎影在繁花丛中时隐时现。我的脚步慢了，走在软软香香的槐花铺成的路上，看着远处连绵不断的山峦，望着偶尔在天空中自由掠过的白鸽，慢慢忘却了烦恼，似乎每一个毛孔都呼吸着环校公路上被花香润湿的空气，渐渐地我紧锁的眉头解开了，烦躁的心被抚平了，发自内心地感到这一切是那么舒畅、自由。好似这路、这花、这风都已脱离了自然的束缚。闭上眼，感受这美好，我感觉身体越来越轻，好像在天空中自由地飞翔……似乎就这样，在善解人意的公路上，我走进了宁外。

雨淅淅沥沥地下着，我趴在教室的窗边冥想。尽管时下已是秋天，但睁眼看见的仍是一片充满生机的绿色，整个宁外浸润在绵绵秋雨之中。这时，若隐若现的环校公路出现在我的视野中，它如同一条巨龙怀抱着宁外，如同母亲双手守护着孩儿，不离不弃、给人安心的感觉。宁外人就是在这样安宁的校园里茁壮成长。渐渐地凝视着这条路，我感觉自己慢慢融入了宁外。

这条朴实无华的环校公路，承载着无数宁外学子的足迹，容纳着我们自由活跃的思想，忠诚地守护着校园的宁静。一代代宁外学子或许正是沿着这条路，带着他们的梦想奔向远方……

钱湖小记

我爱上这诗意的太阳，醉于这冬日的暖阳。大地蓄势复苏、生灵已然觉醒……

寒假非常草率地拉开了序幕。于我而言，无论怎么样，生活都还是要有点仪式感的。

今日到学校去领作业——寒假的快乐源泉。看到它们的第一眼先是震惊，而后便是感慨（老师们思路真的很清楚，作业登记纸有条不紊地排列着，还贴心地标注了作业名称，旁边放一把剪刀）。当我顺手翻了翻最近几期的报纸，突然觉得 Teens 现在的设计是越来越有活力了。

走进久违的教室，一切都还是离开时的模样，好像时间被定格在那个充满五味的 2022 年。小黑板上的内容还是 12 月的生日班会。我实在手痒，于是便拿起粉笔在大标题下加上“Happy new year，2022—2023”，是不是很有过新年的氛围？虽然学期的结束很草率、很匆忙，但是迎新仪式感还是不能省的。总之，要为这个特别的 2022 年画上一个圆满的句号。

走出教室的时候，阳光很好，温暖却不炙热。阳光不像炎热的夏天时那样火辣辣，也不像暴风雨前那样呈暗紫色，而是明朗地发出可爱的光芒。蓦然回首，我们班的窗台上甚是明媚。映山红，前些时日去看的时候还有些蔫蔫的样子，现在似乎已经尽情地舒张开来，倒有些“已是悬崖百丈冰，犹有花枝俏。俏也不争春，只把春来报”的意味。最让我惊讶的就是那罐风信子，一个月前的它还是个光秃秃的洋葱头，现在那绿油油的叶片里装满了深紫色的小花，就像是一罐紫色的颜料溢出来似的。看到这些明媚的小生命，忽而就有点理解了余秀华的诗句：“这宁静的冬天，阳光好的日子，会觉得还可以活很久，甚至可以活出喜悦。”

我爱上这诗意的太阳，醉于这冬日的暖阳。大地蓄势复苏、生灵已然觉醒……

校园的四季

每一代宁外人对校园的记忆都融入四季的交替中，每一代宁外人都在四季轮回中追逐着梦想，迈向耀眼与灿烂的明天。

钱湖畔，宁外校园的四季悄然变化着。

夏日的风吹散了五月的云。真好，又是一年夏天。走在踏过无数遍的环校公路上，心里升腾起万分感慨。感慨间，一阵燥热的风带来了炎热又清新的味道，打散了周围热得发闷的空气。但仅仅一小会儿，空气又凝固了起来，似乎更加热情地朝我簇拥过来。阳光格外热情，好像要将自己全部的光和热都填满世间的空隙。

抬眼，树叶繁密，把那燥热的阳光挡在外面，三三两两的同学匆忙走过绿树成荫的环校公路，消失在一阵阵热浪之中。浩慧湖在灼灼的阳光下格外平静，似乎被骄阳磨去了脾性。湖边的水草甚是丰茂，热情地拥抱着阳光，吮吸着湖水的清凉，那苍翠的绿给人以清爽。那几只充当“校霸”的天鹅也熬不过酷暑，纷纷躲到水草中避暑。

如果说宁外校园的夏是热情的，那么冬便是含蓄的。除了北风凛冽，校园里很难一眼看出冬的影子。浩慧湖还是不争不吵，静静地徜徉着。三思溪弯弯曲曲隐匿在校园中，溪水虽不及平日活泼，但依然缓缓地流淌着，听着北风呼呼地呢喃。空阔的操场上北风似乎很悠闲，把沉睡的香樟叶吹得猎猎作响。操场上看上去一片枯黄，但俯下身，仍然能寻觅到些许嫩绿的倔强的小草，或许正是它们引领着春的脚步。

在甬城，春和秋往往是个牵线的过客。宁外校园却原原本本地展现着并留住了它们的芳华。

积蓄了一冬的能量，在初春的风中、雨中悄悄地爆发。象征着生命的绿爬上了枝头，一片片的新叶，在春的呼唤声中涌了出来，还带着鲜活、稚嫩未脱的绿，伴着春风，一日比一日更加的翠，像要流出来似的。

“自古逢秋悲寂寥”，这是多愁的诗人对秋的感慨，但殊不知宁外的秋是何等的诗情画意。初秋的晴空展开一片清艳的蓝色，云只是浅浅地浮在空中，莫名有种缥缈的感觉。此时的阳光正好，相比于夏日的骄阳虽少了明丽与耀眼，却多了些属于秋的宁静与安详。“落霞与孤鹜齐飞，秋水共长天一色”“树树皆秋色，山山唯落晖”等独属秋的诗意如一幅绝美的画卷在宁外展现。又如同一篇神话富于想象，更富于色彩，它将标志性的金黄化作一片片银杏叶落在历史积淀的校史广场；将明艳的橙赠予了菊，昭示着属于宁外的风骨；将象征着希望的蒲公英载着大大小小的梦想飞向远方；将春天留下来的紫给了紫藤萝，让人涌起对春的思念。

道家有云，道生一，一生二，二生三，三生万物。生生不息，欣欣向荣。每一代宁外人对校园的记忆都融入四季的交替中，每一代宁外人都在四季轮回中追逐着梦想，迈向耀眼与灿烂的明天。

你好，钢牙妹

有句话是这么说的，“No 作 no die。”我大胆地承认我不是个爱作死的人，但在整牙这件事上我却是莫名其妙地执着。

从上初中开始，身边戴牙套的人慢慢多了起来。一咧开嘴，满嘴的银光闪闪并说着闷闷的话，让我时常觉得戴牙套是件很酷的事——这就是所谓的时尚潮流吧！我曾这么想。

每次睡前，我总不忘摸摸那不算整齐的牙齿，想着法儿蹭上“时代潮流”。于是，我开始对大门牙“大开杀戒”，时不时用手敲敲它们，摸着敲着，越来越觉得那高低起伏的牙齿不顺眼。是可忍孰不可忍——好！整牙去！

躺在牙科检查床上，牙科医师一阵“穿针引线”后，镶上了银光闪闪的牙套，弥补了心中的遗憾，钢牙妹正式上线。可没想到，钻心的痛也来了。顽固的大门牙早已嚣张惯了，锃亮的牙套顿时火冒三丈，拽着牙龈上的神经，开始了与牙齿的较量，大有气冲山河之势。前两星期最难将息，三杯两盏米汤，怎敌他、钻心之苦！痛，如万钧雷霆齐落在每一根纤弱牙神经上；酸，如柠檬啃噬着裸露的牙床；麻，如万马奔腾在口中循环往复。真可谓执手相看泪眼，竟无语凝噎。

大门牙断然是平日里呼风唤雨惯了，如今千万倍的痛压在上面，倘若它有灵性，此刻必然是咆哮着，怒吼着，控诉着。牙套不愧是钢做的，那铁石般的心肠并没有因为大门牙的求饶而松懈，反而越来越紧，好像要把牙给活生生地五花大绑才好。每一次吃饭无疑是雪上加霜，每次咀嚼都让痛无限放大。几日的摧残，让牙齿败下阵来，只有少许神经还在顽强抵抗。可怜的大门牙经过一番殊死搏斗后，最后放弃抵抗，慢慢任由牙套摆布。

钢牙套每个月都在更换，换成更硬的，牙齿倒也觉得自己慢慢变整齐了，也不再做无谓的抵抗，自由还是没有的，但好在疼痛已渐缓，唇齿相依间看似慢慢有了津津乐道的饭后闲谈。

开弓的箭回不了头，路是自己走的，不管苦与甜、痛与乐，都得自个儿受着。

你好，钢牙妹！期待着蜕变成更满意的自己。

谁是最自信的人

此刻的他似乎散发着光芒，我突然意识到这是自信给予他的力量和快乐——原来自信的人可以这么帅！

“哎，我怎么这么帅呀！”一个张扬的声音时常在耳边响起。是谁口出狂言？必然是咱班小屠同学。卤蛋似的脑袋上一头干净利落的短发，眼睛不小但总泛着光，全身肉乎乎的样子极富喜感，犹如冰墩墩，估计这样的容颜给予他莫大的自信。

有一次，几位学姐来我们班介绍关于“容貌焦虑”的活动，同学们时不时小声交头接耳。老师为了活跃气氛，便问：“咱们班有没有同学对容貌有焦虑啊？”我的余光不由自主地瞟向了小屠，且看他正跷着二郎腿，顶着下巴眯起眼，脸上那陶醉的神情就像外溢的蒸汽，收也收不住，如老顽童般拖着长音道：“我焦虑，我怎么长得这么帅啊？”随后，他摸了摸下巴，露出一个自以为完美的微笑。大家没想到，在如此正式（有外人）的场合，他也敢口出狂言。同学们先是一愣，接着一阵阵狂笑声从我们五班外溢出去，惊起林中鸟，“折断”园中花。这集体的笑声似乎让小屠脸上写满了自信。世上怎会有如此“自信”之人。自此，小屠喜得一张标签——五班最自信的人。

在小屠身上，这种自信如血液般遍布全身乃至灵魂，于是，这自信也赋予了小屠无与伦比的快乐。

在班级英语演讲选拔赛上，小屠前一秒还嬉皮笑脸，后一秒如川剧变脸般在那一瞬间严肃起来。一口流利的英语便从嘴中倾泻了出来，时而双臂舒展，时而单手握拳，时而语气紧促，时而语气平缓，语速、情感、动作一切都恰到好处。此时，“目似瞑，意暇甚”的小范猛地张开双眼，流露向往、钦佩的神情。

小屠还是那张圆润的脸，但张弛有度的演讲，让我对他的印象在不知不觉中有了微妙的转变，此刻的他似乎散发着光芒，我突然意识到这是自信给予他的力量和快乐——原来自信的人可以这么帅！

小屠的自信肯定来源于他内心的充盈，以及为之付出的努力。

莎士比亚说过：“自信是走向成功之路的第一步，缺乏自信是失败的主要原因。”正是有了自信，当我们面对挑战时，就会多一份从容；面对失败，就会多一份坚强；面对绝境，就有绝处逢生的希望。

翻版周杰伦

其实，他也是一个宝藏男孩，这是我偶然间才发现的。

最闷骚、搞笑，一本正经说很扯的事情的人，非我的同桌王梓尧莫属。

话说，王梓尧这厮向来就是很不正经的，光是看咱们班门口挂着合照上他的造型，一眯眼，一歪嘴，那永远定格住的猥琐笑容，就足以让我看上一回笑一回。可以说，他承包了我一个学期的笑料，不信？且听我细细道来！

有一次，他特地跟我分享了他多年来上厕所的经验：上厕所要吃招牌巧克力面包，最起码还要预订至少两个厕所包间……说着不登大雅之堂之事，他不仅没笑，还表现得一本正经，好似在阐述着一个高深的哲理。

有时，他也会语出惊人！冷不丁地在我身旁冒出几句充满“王氏”风格的语言。语文老师云：“有时，书本封面的色彩往往可以表现出一本书的情感基调。”话音未落，王梓尧同学不怀好意地抽出语文书道："此书甚是黑暗。"吾大笑曰："妙哉，妙哉！"在科学课上，王梓尧又云："唉，竺老师怎得如此可怜？自言自语40分钟，还要被人反驳！"诸如此类妙句不胜枚举！

作为周杰伦的"脑残粉"，他几乎将周杰伦的每一首歌曲深深地印刻在了脑子里。周杰伦玩世不恭的个性、周杰伦的生平、周杰伦的专辑，他都了如指掌。在闲暇时，他总会或多或少地给我普及一些周氏常识，让同样喜欢周杰伦的我自叹不如！或许是受"杰"哥的影响，他说话的腔调，拍照时的凹造型，总会有"杰"哥的影子。第一眼见到他时，便觉得他就是翻版周杰伦。

其实说到底，他是一个very内向的男孩子。平时，他几乎不说话，即使我主动找他聊天，他也是有一搭没一搭地回应着。从外人的角度（非同桌身份）来评价他，他应该就是一个存在感实在不高的人，甚至有时候容易被忽略。但是，他那经典的用指尖捋头发的动作配合着扭动的身姿，很是妖娆，每每想起，不禁嫣然一笑。

其实，他也是一个宝藏男孩，这是我偶然间才发现的。一次体育课上，他与隔壁班的男生下棋，听说对方是一个棋道高手。只见他镇定自若，稳稳地下着每一步棋，竟让对方毫无还手之力！没想到我这同桌真是深藏"blue"啊！

或许是同桌的缘故吧！我俩时不时会有一些小默契。有一次，我正在生气，一旁的他不知在搞什么名堂，让我越发心浮气躁，扭头就对他吼道：“我警告你，不要再发出噪声。”谁知王梓尧竟然跟我不约而同地说出了一模一样的话，一字不差！顿时，令人讨厌的王同学变得又有趣又可爱，让我心中的乌云散了，阳光出来了！

一个学期，说长不长，说短不短。尽管，有时我希望他能立刻、马上给我原地消失；有时我希望一个眼神能杀他个千回百遍……但是，我不得不承认，与他做同桌的日子，总是充满了欢声笑语。

近墨者黑

或许是上帝觉得他实在太优秀了，于是给他性格中注入了敏感的基因。

一个出场自带背景音乐的男生，整个年级几乎无人不知，无人不晓。他，姓沈，名墨，学霸一枚。那年他单手插兜，手捧作业，脚下生风，推门而入，一声沙哑又青涩的“卒”紧随其后，好生嚣张！

初一加上半个初二，对于他的记忆大多已生疏与遥远，颇有一番可望而不可即的意味。人如其名，他黑如墨，却也澄澈透亮。因为他脸黑便更显得牙齿洁白，所以，每当他笑起来，尤其在阳光下，莫名地给人一种亲和、纯真、阳光的感觉。有时，我会傻傻地想，他为什么黑得那么自然——大抵是喝了太多墨水的缘故吧！

在课间，他总是奋笔疾书地完成家庭作业；在晚自习，他总是拿着五颜六色的课外题头也不抬地刷；在周末、寒暑假，他估摸着狂喝“墨水”。那些我陌生的新单词、新题型他却早已烂熟于心。在我还未熟识他时，他早已喝了好多世界名著的“墨汁”。

就是这么个神一般存在的他，初二下学期竟与我成了同桌。记得在成为同桌的第一天，他只瞄了一眼我的数学作业，竟给我指出了一道错题，随后便说了一句：“你过程写得挺完整的。”当时的我还暗自窃喜，这次作业拿个“优”不成问题。结果那次作业除了他给我指出的那道题，其他都因过程太复杂而打上了半对。唉，真所谓高手出招，留有后手啊。

他身上有很多优秀的品质。语文课，他时常“摸鱼”，但每当讲重点时，总会自动“上线”。虽说他的语文成绩不是很冒尖，但基础知识从不会答错。他酷爱数学，对其如痴如醉，好像有种超能力，能很好地把握慵懒与紧张的学习节奏。当然，其他学科他同样得心应手。在我眼里，他仿佛是一位良医，总能对自己学习的漏洞及时对症下药，或许他是为了寻找那一味特效药，在黑暗中付出了不为人知的努力……

或许是上帝觉得他实在太优秀了，于是给他性格中注入了敏感的基因。他看起来有时很 man，但有时别人的一句话就会使他遍体鳞伤。他偶尔会沉浸在负面情绪中，嘴上蹦出些貌似很成熟的话，让不了解他的人觉得他无比知性，但事实上只是他在表达悲伤而已。

我的同桌就是这么一个聪明、勤奋、敏感还有点小酷的人。都说近“墨”者黑，我真希望多学习他的优点，多喝点“墨”水，成为学习中的一匹黑马。

亦师亦友的同桌

她喜欢大笑，喜欢苏轼，喜欢小说，更喜欢把一件件事做到完美。

在新学期开学的第一天，我的同桌换了，这并没有带给我多大的惊喜，因为这也是意料之中的事。但在与这位同桌的日常相处之中却处处有惊喜。在我同桌过的三个同学中，我俩应是最合拍的。

开学时，我对她的印象还仅仅停留在仅是室友的记忆里。经过一个学期的磨合，用“张飞穿针——粗中有细”来形容她最适合不过了。

2022 年 11 月，突然又来了一波流感，让我们猝不及防。让前一天还在上学的通校生提前进入了周末模式，可课本、作业全躺在学校等待着它的主人。在争分夺秒的早晨，指挥官 Helen 有条不紊地指挥着搬运大军把我们的学习用品打包放到学校门卫处。自然，我的同桌也加入了这支队伍。当我前去校门卫处领包时，王旖涵早已不见踪影了，只留下一个塞得满满当当的布袋和一串字条。打开包裹，书虽不那么整齐，但书本、试卷一样没落下，原本担心她丢三落四的心也早已放下了一大半。当我正想丢掉袋子时，一张纸片从中掉落，一看便知是我同桌她娟秀的小字，上面写满了周末作业与备注，其中一条备注这样写道：“昨天数A编号你没拿吧？我帮你带了张，下周回来不会的问题问我哦！”短短的一句话却有着无穷的暖意，让我心头一震，眼前不由得浮现出那张戴着牙套的脸，感到无比的真挚亲切。我真是太幸运了，这样靠谱的同桌，竟然提着灯笼自己撞上门来了，哈哈。

和她做同桌，对我而言就是得了一个免费的理科老师。只要我有问题，她有时间，我俩总会一拍即合，讨论数学和科学疑难问题。有时我太过着急，她还在埋头做作业时，我就不分青红皂白，将问题一股脑儿抛给她。她用宠溺的眼光看了看我，一心两用，边写作业边龙飞凤舞地写出了题目过程。奈何她的同桌脑子不太灵光，突然短路，只好再次求助。她表面上平静，估计心底早已抓狂，但仍为我留下一串算式，哦，秒懂了！这样一幕幕的场景每天都在上演。以至于在晚自修时，我时常被她记上黑名单！

如果不是英语订正的牵绊，她绝对是我眼中咱班作业做得最快的人！只要有作业的课间，总能看到她疯狂“卷”作业的背影，这也使我不得不提笔跟上她如飞的脚步。哪怕是吃饭的片刻，仍能遇见不疾不徐写作业的她。她的经典名言便是：“作业是我命，不能不要命。”

以前，我总觉得她直来直往不屑于八卦之事，但与其做了同桌之后便知，她不乐于发现，但热衷于聆听或分享。跟她同桌，我听闻了许多奇闻逸事。

她喜欢大笑，喜欢苏轼，喜欢小说，更喜欢把一件件事做到完美。她亦师亦友，能动能静，与她交友无“门槛”无负担，也无须缴税。一切都挺好！

蓬莱居士

相较于同龄者，同桌蓬莱更似长者。于我混沌、迷茫之际指点一二，便让我顿觉柳暗花明，幡然醒悟。

吾同桌姓沈，名思成，自号蓬莱居士也。

蓬莱，乃一古神山也。《后汉书》有云：举英奇於仄陋，拔髦秀於蓬莱。由此观之，蓬莱者仙风道骨也。孰视之，更觉其气度不凡。未同坐时，其文辞犀利，观点清奇，宛如谪仙一般，足惊我矣！余何幸与之同窗！

相较于同龄者，同桌蓬莱更似长者。于我混沌、迷茫之际指点一二，便让我顿觉柳暗花明，幡然醒悟。初三定然“腥风血雨”。如我这般意志倾颓者，难免深陷其中，在内耗中沉沦。然他亦不免染上些“泥泞”，却淡然曰：“国人自古以来便有知耻而后勇之气度也，此乃深刻骨子里的气节也。韩信忍胯下之辱而横扫天下，越王勾践卧薪尝胆终吞吴，清王朝丧权辱国而后人发愤图强。”然其笔一顿，那狭长的眼眸瞥了我一眼，又言道："就成绩而言，汝无勇气面对，何来'雪耻'？"言罢，便潇洒一笑，三分肆意，七分狡黠。吾汗颜道："蓬莱兄所言甚是。"

自此，吾继续苦寻"出路"，在泥泞中后勇，前路漫漫，上下求索。想必，只有经历过低谷的人才明白如此道理吧——有勇者，蓬莱也。

作为一个对友谊极度渴望的人，即使是一个微笑的施舍，都会让我无比眷恋，但不是所有的一拍即合的人皆是"好人"（曾经的好友对分数癫狂至极，在青春的萌动里徘徊），在陷入琐碎友谊这张网时，他却不动声色地用行动告诉我何谓"君子之交淡如水，小人之交甘若醴；君子淡以亲，小人甘以绝"。他称那人为小丑，一日当我被那人致癫狂时，他露出了揶揄的浅笑："让你情绪如此'稳定'的人注定不值得深交啊。像你啊，还是太年轻了！老夫我早已不为世俗所困，呵呵。"一副老气横秋少年老成的模样，在我看来宛如镀上了神光——有智者，蓬莱也。

在吾班，他可谓是军师——一贯淡定，又审时度势，尤其是情感上的纠葛，询他总没错，被指点一二，便豁然开朗。他是同窗，亦是长者。与其同行，真所谓："近朱者赤，近墨者黑。"

行笔至此，不甚受恩感激，忽忆蓬莱所言："回归本真，是为大美。"

三十年后的我——分子外科医师

三十年后的今日，中国的医疗科技早已发生了翻天覆地的变化，一袭白大褂成了我的日常穿搭，ICU 成了我每日拼搏的战场。

又是新的一天，我在私人助理机器人“白泽”的唠叨声中醒来。“快点啊，小祖宗，今天澳洲有位脑肿瘤患者等你手术。”“白泽”话音未落，我的脑袋瓜儿立马清醒了，一个鲤鱼打挺就钻进喷气飞车，“白泽”争分夺秒地帮我打理洗漱，不到两分钟，一切整理完毕。我快速享用飞车智能厨师为我配置好的营养早餐。

一路上，通过 10G 远程网络视频，我跟团队成员讨论患者的情况，并制定最佳治疗方案——智能分子导航下脑肿瘤精准手术。“叮咚”，随着飞车缓缓降落在医院主楼顶停机坪，我飞一般地朝着专用电梯 ICU 奔去。电梯里的机器人对我进行消毒并帮我穿上白大褂。在电梯门上的屏幕上，播放熟悉的病房景象。我与澳洲团队同事们打了个照面，就各自进入治疗空间转换舱。我们戴上 VR 眼罩，护士为我们穿上压缩感知特异功能手术服，“嘀嘀嘀”，几秒黑暗过后，我和团队的医护人员坐上纳米尺寸的靶向肿瘤细胞的纳米车，突破层层血脑屏障，越过重重白质纤维，逐步向脑肿瘤靠近。通过量子传感器，肿瘤血管和脑神经清晰地展现在我眼前。不一会儿，所有的同事相继到达指定站位，我们便开始分头行动。

作为主刀医师，我主要任务是负责关键步骤——精准切除脑肿瘤，保留重要的脑功能。在“白泽”的智能远程指导下，我利用纳米车头的微型智能导航仪，左闪右躲，顺利地避开错综复杂的脑神经和正常脑组织细胞，成功到达脑肿瘤边缘。接着，我迅速打开纳米车的荧光探照灯，照亮四周，紫红色的凹凸不平的脑肿瘤突兀在眼前。尽管这个肿瘤只是个影像，但我仍是被他丑陋的模样吓了一大跳。人命关天，几次呼吸间，我便调整好纳米车的状态，面对气势汹汹的肿瘤毫不手软，拿出肿瘤特异性配体枪向肿瘤射去。本以为它会轻易被制服，可这坏家伙远比想象中的强大，它迅速地把表面受体收缩隐藏起来，并伸出成千上万个侵袭性魔爪向我扑过来，欲将我们的纳米车吞并，煞是瘆人！

但我可不是吃素的，立即喷出肿瘤免疫微环境调节剂，让肿瘤魔爪瞬间乖乖地缩回去。只见我像孙悟空一样，左闪右躲，弯腰、侧手翻、后空翻……一个个招数层出不穷。大战一百回合之后，肿瘤仍未碰伤我一根毫毛，终于肿瘤彻底被我激怒了，攻击明显比之前更凶猛。不过“兵来将挡，水来土掩”，我见招拆招，使出Chinese kung fu，“飞檐走壁”式地靠近肿瘤，说时迟那时快，我找准空当，连发五枚特级免疫检查点抑制剂，小李、小沈、小林，你们分别从2点、5点、8点方向发射！快！我几乎在同一瞬间向同事们发号指令。“咔啦”一声，失去免疫保护的肿瘤轰然倒地。

“汪医师，局部血液循环氧含量不足，给你们撤退的时间不多了。”“白泽”的呼叫声在脑海中响起。事不宜迟，我连忙提着祖传的激光手术刀，精细地分离出肿瘤，脱离周围的血管和神经，切断免疫传输带，用超声震荡机把肿瘤粉碎压缩后装进我们的纳米车，然后以迅雷不及掩耳之势带出体外。此时的肿瘤已Game over，分子导航的手术结束。

跳下纳米车，摘下眼罩，在压缩感知器里还原后，我们又回到真实世界。刚才的搏斗还历历在目，“怦怦”的心跳似乎仍滞留在那一瞬间。

两个小时后，我在北京家里通过远程视频，看到澳洲那位患者已经在护士的陪伴下，在康复花园里轻松地散步。看来这场跨国微创手术非常成功，我望着那轮冉冉升起的朝阳笑了。

我的“桃花源”记

五柳先生笔下的桃源充满着宁静与自由，让人不免心生向往——那是一个充满温暖、善意的地方，但遥不可及，实在有些遗憾。幸好，我的“桃源”就在我身边——那是与我朝夕相处了两年有余的2405班。

它虽只是众多雷同教室里的一间，但于我而言，它是独一无二且充满温情的。挂着三十二张笑颜的墙，闪烁着汗水的奖状墙，以及四季不重样的大小黑板墙——它们承载着我们太多太多美好的回忆。透过窗户，阳台上满眼皆是生机的绿，明艳的黄，眼前的小盆栽，远处的小丘陵，一年四季都涌动着生命的气息。无论是晴空还是阴雨，是春意爬上枝头还是落叶融于生命的轮回，总给人宁静与希望。

桃源里的村民无疑是一个个鲜活的同学，还有面如桃花，若春风拂面的村长Helen 。Helen五十有余，但仍有着少女的心思与柔情。她的调侃，她的欢笑如花蜜似的渗入我们苦咖啡般的学习生活中。中午的英语过关无疑是痛苦、乏味甚至是绝望的代名词吧！背不出时的苦恼，被打回重背时的绝望，还有叽里呱啦的读书声总会在空气中酝酿。而 Helen 总是像繁杂中的一股清流在教室里缓缓流淌，没有烦躁，只是用流利的英语与生动的举例迎接愁容满面或自信阳光的面孔。偶尔，她也会徘徊在歪斜的桌椅间。有一次，她轻轻地走到我身旁，用手点点作业本上的红叉叉："这种题怎么会错呢？你看它后面有 last summer，说明这是一个过去时态，而这又有一个 have，所以它要写……"虽然具体言语记不清了，但她不徐不疾的轻柔声总在我耳畔响起。即使我不是她的"嫡传弟子"，她依旧用心教我。她除了关心每个村民的学习，更关心他们的感受，一个小小皱眉，一次微小的歪嘴，她总会看在眼里，记在心里，然后在恰当的时候与你交谈。

桃源里的村民都充满善意和朝气蓬勃。他们一起谈笑风生，一起钻研难题，共渡难关。只要班级有事，无论大小，村民们总会一呼百应。去年的运动会开幕式便是如此。在文艺委员的组织下，大家无不专心练习，即使有些人嘴上说不愿意，但总是在角落里暗自下功夫。不用说最后节目肯定是光芒万丈，令人惊艳。

还记得昨日是我的生日，我从没想过我能收到这么多真情实意的祝福，"生日快乐""未来前途似锦""继续做一个快乐阳光的大女孩"……千万句祝福千万句话，好不让我温暖，好不让我哭。

“桃源”里细听讲，勤思考，竟是悟得朝暮禅；教室里，光正好，各自习，眼望同学皆善意。日复一日总寻常，三五知己，声声祝福，一方自在天地，便是人间难得的桃源！

思想活泼是我们的主张

曾经有段时期，古罗马帝国的思想是很开放的，政府官职向平民开放，出身不再是“门槛”，而是能力决定一切，大胆起用新人、新的阶层。正是活泼而又包容的思想让帝国盛极一时。

思想是语言的翅膀，鸟儿扇动翅膀便能挣脱铁笼的束缚，而思想活跃起来，语言便如精灵一般鲜活。

小学时代，我自认为作文写得还不错，写人、叙事、写景信手拈来，从提笔到落笔，转眼间已是洋洋洒洒一大篇。老师的表扬令我膨胀，有时甚至觉得语文课上有些范文也不过如此。

带着自信从容走进了初中，结果却遭受当头一棒，而这一棒的主人便是best沈。记得有一次作文是写“深处”，同学们都写了自己的童年或亲人，而他另辟蹊径写了晚明奇才张岱。他笔下的张岱既有傲世的锋芒，又有玩世的戏谑；既在历史深处，又仿佛活在当下……别具一格的文采，令我自愧不如。每次老师布置的作文，他选题总能脱颖而出，鹤立鸡群。他写过卧薪尝胆的勾践，写过自刎乌江的项羽，写过太白的洒脱，也写过阮籍的孤独……他的笔触穿透历史，又时时观照现实。毫无意外，他的作文几乎每次都能荣登老师的范文榜首，读来犹如醍醐灌顶，以至于我深深地臣服在他纵横捭阖的文笔之下。

于是，我也开始学着用他带着丁香花般的忧愁、恢宏志士之气的笔触去触摸陌生的历史人文题材。刚开始，我生搬硬套历史典故，语言宛如木偶般生硬。练习了几篇后，慢慢地摸出了些门道，使我原本有些荒芜苍白的思想焕发出勃勃生机。

活泼的思想又何尝不是人类社会发展的翅膀呢?

曾经有段时期，古罗马帝国的思想是很开放的，政府官职向平民开放，出身不再是“门槛”，而是能力决定一切，大胆起用新人、新的阶层。正是活泼而又包容的思想让帝国盛极一时。纵观中国近代以来的历次重大革命，哪一次不是因为新思想空前活跃而推动了巨大的革新？辛亥革命推翻了清朝统治，是三民主义打开了人们思想解放的闸门；南昌起义后工农红军面临生死关头，正是在毛泽东思想的指引下，才走上农村包围城市武装夺取政权的正确道路，中国革命才蓬勃发展；改革开放进程中，改革措施每推进一步都是因为人们的思想不断解放。正是思想的自由活泼，中国经济、社会和科技的发展才能日新月异。

思想活泼是我们的主张，更是我们这个时代的标签。

独

学会享受孤独，做一个独立的人，是我和我们的心之所向吧！

独，独立？独自？还是孤独？

邂逅山水，独自一人或隐于密林，或登上高台，或独钓江雪，领略壮美山河；抑或追思古人，感怀当下。带着复杂的情绪，在天际间孤独行走，应当值得珍惜！

沿着时光的河流回溯到一千多年前的唐朝。当陈子昂怀着壮志未酬、怀才不遇的怅然，登上曾招纳贤士的幽州台时，当他面对滚滚东流大河时，他不仅有着报国无门的热血，更应有无贤君赏识而产生的孤独感吧？

天地之悠悠，人生有几何？哪怕天生我材必有用，但也等不到千金散尽还复来的那一天，这是何等的悲壮啊！有些路一个人走不是孤独，而是选择。或许陈子昂注定要走上这条一去不复返的路吧！

在幽深的竹林里，传来“独坐幽篁里，弹琴复长啸”的低浅的吟唱。轻轻闭上双眼，在这样一个幽静的世界里，没有尘世的喧嚣，没有名利的羁绊，唯有空山的鸟鸣，石缝的清泉相伴，精神可以得到彻底的放松与自由。纤纤素手拨动的千年古琴，月华流水，涤荡心灵，感悟空山鸟语，与自然对话，与天地往来。曲终人散，无知己相伴的孤独油然而生。然而，最后一句“明月来相照”，把孤独的内心照亮，令人为之一震。孤独不是落寞，而是寻找光明。

宋皇祐二年夏，一位三十岁的年轻人从钱湖之畔回江西临川故里时，途经杭州，此时的他年少气盛，抱负不凡，正好借飞来峰抒发胸臆，寄托情怀，故写下了《登飞来峰》。一句“不畏浮云遮望眼，自缘身在最高层”把诗人拨云见日，勇毅前行的独立的人格高高耸立在历史的原野上。这位年轻人叫王安石。他孤独的背后，是挽救时局、匡扶家园、坚定信念和独立人格。

这是宋朝的一个夏夜，雨淅淅沥沥地下着，顺着房檐溅落在青石板上，如酒一般醉了。青山入了芳菲，空气微湿，四处弥漫着温润的水汽。木屋里，窗台边，忽明忽暗的烛光将书生的剪影映照在薄薄的窗纸上。雨小了，但没有半点要停的意思，青蛙的鸣叫融了进来——那是夏夜的灵魂。“嗒，嗒，嗒”，这时断时续的敲棋子声又从何处传来？那是书生因友人迟迟不来而孤独的心弦吧。这首构思精巧、描写细腻的小诗是赵师秀所写的《约客》。“有约不来过夜半，闲敲棋子落灯花。”诗人赵师秀雨夜约客久候不到，看着灯芯渐渐燃尽，静静地敲着棋子，看着满桌的灯花，诗人的心绪一刹那脱离了等待，陶醉于窗外之景并融入其中，寻到了独得之乐，唯有孤独令人沉醉。

如今，在这个崇尚物质、快节奏的时代，不管是主动选择，还是被动接受，我们都要给自己一个独处的空间，它是上帝赐予人类最宝贵的礼物。学会享受孤独，做一个独立的人，是我和我们的心之所向吧！

爸爸寄语
——青春是一首最美的诗

真是岁月如梭，年华易逝啊！好像就在转瞬间，我们已人到中年，而你也初三快毕业了。亭亭玉立的你，英姿勃发的你，正书写着青春最美的诗。

关于青春，人们不吝用最美的语言赞美它。有人说，青春是一曲华美的乐章，一条奔腾的河流，一轮八九点钟的太阳……虽然我们每个人的青春记忆不尽相同，但青春岁月一定是我们心底最值得珍藏的回忆。

在你的青春时光里，有你们与之斗智斗勇的班主任石老师，还有被你们亲切称呼为璐璐姐、历历姐等“师姐”，她们是那么温柔可亲。同桌之间的默契、同学之间的情谊，也无时无刻不在滋润着你的心田。宁波外国语学校的美丽校园，留下了你的欢笑和烦恼，更留下了你的足迹和思考。即使在新冠疫情最严峻时刻，充满“魔力”的校园居然让你“乐不思蜀”！在这里你学到了李杜诗篇、光合作用，学到了温柔婉约、善解人意，更学到了从容淡定、不骄不躁的处世之道。

现在，你即将面临中考，学习任务更重了。放寒假对你而言，只不过是换个空间继续做作业。看着你整天埋头学习的样子，我以为上学对你而言可能是一件苦不堪言的差事。然而，在整理你过往的一篇篇作文的时候，我才知道，那些不经意间出现在忙碌学习生活中的趣人趣事，在你的心里慢慢地沉淀，又缓缓地呈现于你的言谈举止中，流露在你的笔端。

钱湖畔走出的青年才俊王安石令你仰望。在《独》这篇作文中，你写道："他孤独的背后，是挽救时局、匡扶家园、坚定信念和独立人格。"我仿佛看到你振翅欲飞的志向和独自前行的勇气。

在这里，我想引用一首关于青春的诗赠予你：

……

我们是青春

我们是夜空璀璨的星星

我们是不羁

我们是天边执着的飞鹰

没有什么能够阻止我们

对美的向往

没有什么能够左右我们

对青春的虔诚

一书一世界

青春最美的诗行
应该由我们
大声地朗诵
……

“梦里青春可得追？欲将诗句绊余晖。”愿此刻奋斗的你，拼搏的你，成为青春最美的诗行里值得骄傲和无悔的音符。

06 在微光里

心中那片月

又是中秋佳节，窗外桂花飘香，秋容如拭。月，年年都在赏，只是赏月的人年年在变。

儿时，我常和邻家姐姐躺在“毛毛虫滑滑梯”顶上玩耍，当然中秋佳节也不例外。秋夜微凉于我们而言刚刚好，月亮恰好落在屋檐上，正好与满楼的灯火相映衬，我和姐姐聊着我们的故事，我笑了，她笑得和我一样灿烂。其实，我们几乎天天碰面，一起跑，一起聊，一起在我们的幻想里消磨整个下午，从不因为今天是什么特殊节日而爽约。

虽然儿时也有烦心事，磕磕绊绊地弹钢琴，却没有练好，忘练的书法作业……但没有什么事是睡一觉解决不了的。可如今，烦恼如牢笼般笼罩着我，每天学习到深夜早已见怪不怪，望着一大堆未补的缺漏和漆黑的夜晚，我只好满怀歉意地对自己说：“明天再努力吧。”深夜是一个情绪与睡意泛滥的时候，有时躺在床上望着黑暗，我可以大哭宣泄，但它的后果便是次日的昏沉。显然，我只能选择在黑暗中昏睡过去，连同黑泥一样的焦虑。以前我在睡前总会想着远方和诗，而现在我只想好好睡觉。

琐碎的小事，频繁破碎的友情，极度严重的身材焦虑，不如意的考试，开始在意他人褒贬不一的评价，一次次否认又一回回地重燃希望，一遍遍深陷低谷又努力挣扎起来，情绪的变化如同夏日的天空，这些全部占据了我的思想，甚至没有仰望月空的渴望。我常常迷茫，不知路在何方，何处又有我丢失的月光！

抬头看，那片月还挂在高空中，星星被隐去了光芒。此时，比我小一岁的表妹带着我爬上了看似不属于我们这个年龄的滑滑梯，久违的感觉在月的怀抱中窃窃私语，如此亲切与美好。表妹她那纯真的笑猛然让我意识到童心未泯，是一件值得骄傲的事。

月，还是那么年轻。我慢慢地长大，不知何时已无法像小时候那样肆意奔跑、大笑。如果把童年再放映一遍，我一定还会大笑，然后放声痛哭，最后挂着泪，微笑着睡去。

心中那轮月啊，但愿你还未走远。

忧乐平衡

“人生缘何不快乐，只因未读苏东坡。”

人有七情六欲，忧乐乃人之常情。何谓忧？“忧”是一种带着深蓝色般的悲伤，让人怅然而涕下的情，是《卖炭翁》心忧炭贱愿天寒的焦灼。而何谓乐呢？具体形象点说就是一种带着桃红色般的欢愉，让人喜上眉梢的情。“故人具鸡黍，邀我至田家。”诗酒慰平生，与挚友会面，把酒言欢就是一种快乐。忧乐两种情感截然相反，却又可以相互转化。它们就像天平的两端，任何一端的倾斜都会对人造成莫大的伤害。

乐极可以生悲。范进中举，十年寒窗终有回报，原本是天大的乐事。然而，他喜极而“疯”，往后一跤跌倒，牙关咬紧，不省人事；而他母亲因一时见到自家多了财富，太过兴奋而亡。范家的悲剧，令人扼腕叹息。

而悲伤过度，则令人智昏。三国刘备，痛失二弟，郁郁寡欢，无法释怀，悲愤冲昏了他的头脑，贸然出兵伐吴，落得“白帝托孤”的千古悲剧。像刘备这样的千古风云人物尚且难以控制情绪，更何况我等凡人呢？

由此可见，世事纷扰，忧乐常在，关键是如何平衡好忧和乐，管控好情绪。

身处逆境的豁达是快乐的源泉。一箪食，一瓢饮，在陋巷，人不堪其忧，悔也不改其乐。身处陋室，生活困顿的颜回，始终保持豁达的心态，这是何等旷达的快乐！

胸怀苍生的悲悯之心是转忧为乐的动力。杜甫的一生大苦大悲，但他自己面临“八月秋高风怒号，卷我屋上三重茅”“南村群童欺我老无力”“床头屋漏无干处，雨脚如麻未断绝”诸多困境时，却选择以“安得广厦千万间，大庇天下寒士俱欢颜”的胸怀面对，体现了杜甫忧国忧民、舍己为人的崇高境界。

先天下之忧而忧，后天下之乐而乐。诗人不以物喜，不以己悲，居庙堂之高则忧其民，处江湖之远则忧其君。这种超越个人忧伤、心系家国的快乐，是更深沉、更壮阔的美德。范仲淹“先忧后乐”的平衡法则展现出一种更高尚的境界，闪耀着理想的光辉，成为无数后人的楷模。

“人生缘何不快乐，只因未读苏东坡。”苏东坡的一生，不是被贬就是在被贬的路上，可谓是颠沛流离！换作一般人，不是怨天尤人就是郁郁寡欢了吧！但是苏东坡不同，“莫听穿林打叶声，何妨吟啸且徐行。”他硬是将他人眼中的苟且，甚至是不堪活成了诗和远方。

静下心来，止住胡思乱想，止住精神内耗。回望历史长河，

一书一世界

多少响当当的人物面对忧乐失衡的境遇，给出了自己的答案，也成就了一座座后人景仰的丰碑。身为后人的我们何不以史为鉴，以豁达的心态管控内心的失衡。以天下为己任，把小我的忧愁，融入家国快乐的洪流，岂不妙哉！

我记得你

时代的一颗尘埃落到了个人头上就是一座山，然而你若不懈努力，也许这座山就成了历史的丰碑。

乞丐变为皇帝，在世人眼里就是异想天开，痴人说梦。不过，追溯到几百年前，还真有一位大能人从一介草民逆袭为“普天之下莫非王土”的皇帝，那就是——大明开国皇帝朱元璋。

你，朱元璋，又名朱重八，出生在一个只求能温饱的家庭。

17 岁那年，灾难的降临，你不得不出家当了和尚。为了填饱肚子，你来到淮西一带成了一名乞丐，美其名曰化缘。居无定所，一贫如洗的你一次又一次地敲开了施主的门，你遭受了无数次冷嘲热讽抑或无情拒绝。三年的流浪生活，你了解底层民众生活的艰辛，世间百态，还结交了一群豪杰。如此落魄的日子，你不但没有消沉，反而磨炼了意志，让你成为一个有信心战胜一切的人。

那年红巾军来了。你不得已加入了推翻统治者的队伍中，在郭子兴身边当了亲兵。也就在那时，你把名字改成了名垂史册的“朱元璋”。从此之后，你就像是自带主角光环的人一样开启了势不可当的仕途，直到成为金字塔尖的那个人物——皇帝。

翻开卷帙浩繁的史书，你的完美逆袭，除了时势造英雄，定有你高人一等之处。

那一次，你的“老领导”郭子兴被他的仇敌整得够呛，在走投无路之际，来到了你的地盘。郭子兴可是将你关过地牢，巴不得让你死的人。在地牢里不见天日，阴冷潮湿、饥寒交迫的日子，想必你还历历在目吧。本以为你出狱后要将郭子兴那老头五马分尸。不承想，你却念得他先前对你不错的时光，竟不计前嫌，还把统帅的位置让出来。更让我吃惊的是，你做出了谁也想不到的决定——把自己部下的三万精兵的指挥权让给郭子兴。后来的历史证明，这是多么高明的一招，原先企图杀害你的人居然放下屠刀，并跟随你南征北战。

掩卷而思，你的知恩图报、格局和胸怀令人钦佩！

你还记得大败陈友谅那些事儿吗？陈友谅手下的左右金吾将军带领自己的军队投降朱元璋。陈友谅听后大怒，丧失了他所有的理智，他下令凡是抓到你的士兵和将领可以将你就地处决。而这时，你下了一道相反命令：凡是遇到陈友谅的俘军，一律好好对待，然后无罪释放，然后就没有然后了。这真是匪夷所思。初闻此事，我真替你捏一把汗！现在想来，这一招实在是妙啊，你不仅夺走了陈友谅的人心，还巩固了自己的地位，显露出高人一等的谋略。

……

往事如过眼云烟，无数的细节被淹没在历史的长河中。如今，人们津津乐道你耀眼的皇冠和传奇的人生。而我却在某个角落，穿越历史尘烟，收拾起一颗颗散落的细沙，试图还原一个卑微、倔强而又真实的你，一个胸怀宽广的你，一个有着过人谋略的你。

有人说，时代的一颗尘埃落到了个人头上就是一座山。然而，你若不懈努力，也许这座山就成了历史的丰碑。

想到这里，我忽然顿悟——

我们个人的力量虽然渺小，但如果每一个人都向阳而生，汇聚成磅礴的青春力量，一定能让时代的步伐走得更稳，走得更远……

定风波

题记：壬寅年阳历7月10日，风雨大作，时雨如川，已而骤停，风和日丽。诸多感慨涌上心头，故作此篇以记之。

七月流火，江南的空气中弥漫的湿气犹如一张薄膜裹在每一寸肌肤上，每一根汗毛都如临大敌，似乎极力地索取着稀薄的氧气。闷热的空气令人狂躁、窒息。夕阳已被乌云遮住，层层密布中仿佛若有光。

家中依然温馨。柔和的灯光下，厨房里的菜刀声，客厅中的翻书声，键盘上的敲击声……一切有条不紊地合奏着，任凭着屋外雷的怒吼，电的狂舞。

“嗒嗒嗒”，一阵急促的雨点像子弹般无情地砸在窗玻璃上，溅起的水花模糊了窗外的世界。正在阳台上专注搭积木的弟弟，像是被狂风卷进屋子一般，惊慌失措地喊道：“不好了，家里进水了。”爸爸从椅子上迅速弹起，三步并作两步向阳台奔去。“快去关北窗。”厨房里的妈妈扯着“饱经风霜”的嗓门吼了起来。

正在书房看书的我，本能地站起来，看着已然“失守”的阳台，花草凌乱，水花四溅，便知大事不妙。

暴雨就像带着怨气而来，还没等我靠近窗门，骤然间便劈头盖脸地打落下来，似乎要把我吞噬。迷茫间，我终于摸到了窗柄，奋力关上窗户，衣裤全湿。此刻，窗外湖面，已然如烟。

看着眼前的一切，仿佛时光在倒流。回溯到五月最后一个星期。那一周，对我来说是迷茫的一周。所有的遭遇如暴风骤雨般砸在我头上，压得我喘不过气来。糟心的考试，破碎的友谊，惊醒的噩梦……试问：同予者何人？

遥想一千多年前的苏东坡，也曾经历狂风暴雨。没有雨具，拄着拐棍，穿着草鞋，任凭风吹雨打，放开喉咙吟唱一阕《定风波》前行。归去，也无风雨也无晴，那是何等的豁达！

与他跌宕起伏的人生境遇相比，我之所谓的遭遇又算得了什么。即便“遍体鳞伤”，千回百转，我依然相信，明天依旧是光明的一天。也许未来某一天，会怀念先前风雨兼程的时光。

感慨之间，风雨骤停，拨云见日，万物向阳。正如普希金所言：

一切都是瞬息，
一切都将会过去；
而那过去了的，
就会成为亲切的怀恋。

这样的人让我期待

走得快的人未必一路遥遥领先，走得慢的人或许会收获意外的惊喜。人生是一场马拉松式的赛跑，关键不是速度，而是找到属于自己的节奏。

她是我从小到大形影不离的朋友。有时她很单纯，有时她有点小泼辣。不过，在我心中，她永远是个爱笑，像太阳般温暖的女孩。

琴、棋、书、画、舞，虽不能说样样精通，却是都略知一二。其中，她对舞蹈情有独钟。大概四岁，还是小糯米团子的她就走进了舞蹈课堂，哪怕舞姿有些笨拙，常被绊倒，哪怕是笑着进去，哭着出来，也从未磨灭她对舞蹈的热爱。可能是这个小可爱，她自己没认识到这点。特别是每一次舞蹈放假后又开始练的时候，由于长时间没练基本功，劈腿、下腰、拉开经脉的那一瞬间，她痛得眼泪直往外冒。这还不是最难的，最难最酸爽的是第二天，她走路全身绷直，像木头人一样机械地行走。练习舞蹈时动作有多到位，现在的痛就有多“到位”。下楼梯时，得慢慢一条腿先下，另一条腿提着点力缓缓移下来……无数次的痛楚也没打消她的念头，她犹如打不死的“小强”，不达目的，永不放弃。当属于她的舞台升起的时候，那翩若惊鸿的舞姿在那一刻散发着光芒——那是属于坚持者的光芒。

上初中了，在语、数、英、科、社等学科轮番轰炸下，数学便成了她的梗。按她同桌的说法，就是“被数学抛弃的人”。所有的红叉几乎被低级错误给包揽了，有时是上下符号抄错，有时左右数字看错，有时题意理解过于钻“牛角尖”。更令人无语的是，十以内的加减乘除，有时居然还做不对。看着错得如此无厘头的样子，她无语凝噎，心在滴血。夜深人静时，不要说泪流成河，却是偷偷流过不少泪。一学期下来，差不多有一脸盆了吧？这泪中有对自己的抱怨，放弃与躺平，但更多的是不甘。面对闲言碎语和一支支利箭般的红叉叉，她力争上游的目标却从未动摇。只要能站起来，哪怕跌跌撞撞，步履蹒跚，她都全力以赴，犹如“小强”一样面对飞来的巨型拖鞋的击打也从未放弃前进的步伐。她的眼里有泪，心中却始终有光——那是照亮至暗时刻的光，那是穿透重重阴霾的光，那是属于坚强者的希望之光。

走得快的人未必一路遥遥领先，走得慢的人或许会收获意外的惊喜。人生是 场马拉松式的赛跑，关键不是速度，而是找到属于自己的节奏。面对内卷，她没有抱怨，更没有放弃，她竭尽全力奔跑在通往成功的道路上。尽管这条“西天取经之路”很长很累，“妖魔鬼怪”以及各种诱惑很多，但我相信，她一定会坚定地走下去——走向属于坚定者的成功之路。

这位宝藏女孩，是无数默默无闻却不懈奋斗女孩的写照——这样的自己让我期待！

心之所向，素履所往

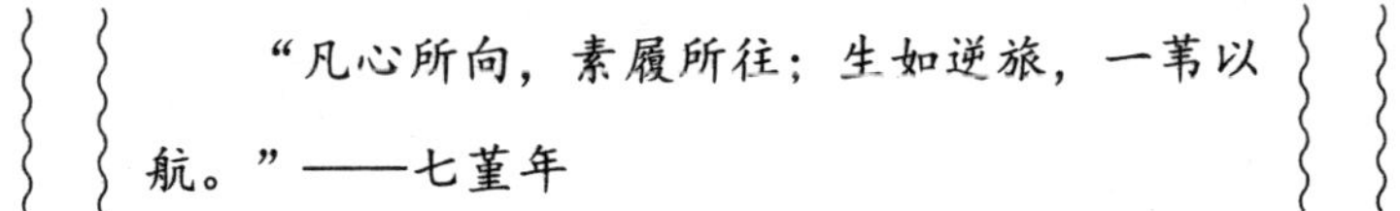

“凡心所向，素履所往；生如逆旅，一苇以航。”——七堇年

儿时，我就与舞蹈结下了不解之缘，对它情有独钟。每当遇到开心事的时候，就会情不自禁地跳起舞来，陶醉其中，停不下来。

一次偶然的机会，我看到《舞蹈风暴》，便被舞者们或激情奔放或优雅绽放的舞姿深深地吸引了。从那以后，只要有《舞蹈风暴》节目，我总会早早地守在电视机前。只要舞蹈一开始，我羡慕又激动的小眼神，再也离不开屏幕。于是暗下决心一定要好好练习舞蹈，有朝一日，能成为一名舞蹈家，在舞台上尽情展示自我。

舞蹈对我来说具有无穷无尽的魅力，但在学习舞蹈的道路上绝不意味着一帆风顺。有一次，在舞蹈课上，老师教的舞蹈动作格外复杂，我练了大半天才学了两个八拍的动作。当我和着音乐节奏起舞时，动作早就变形，根本分不清东西南北。老师一会儿念叨我动作不够干净利索，一会儿批评我音乐节拍没和上。到了本该下课的时间，疲倦的老师又把舞蹈示范了一遍，还反复叮嘱几个动作要领，在她无奈的长长叹息中结束了这堂课。我走出舞蹈房，感觉大厅中的每个人都好像对我有无数的怀疑，每一缕目光都显得格外寒冷。我对舞蹈的满腔热血好像被冰封住了一样。“是我太笨了吗？还是我不够努力？”我心里不停地嘀咕着。

回家后，我憋着满肚子的委屈，打开《舞蹈风暴》，欣赏舞者们在舞台上翩翩起舞。在舞蹈结束后，有一段舞者的独白，讲述他们过往艰辛的训练过程。聆听着他们不为人知的奋斗经历，才慢慢理解通往成功的道路从来就不平坦，每一个成功者的背后无不洒满了艰辛的汗水。是啊！成功哪有这么随随便便，我遇到这点挫折又算得了什么呢！

从此以后，我更加自觉地刻苦训练了。在舞蹈课上练基本功，我从不偷懒，压腿时，不管有多疼，我都狠狠地压，以便关节能尽快地活动开；踢腿时，尽可能把脚绷直使劲地踢，使腿的肌肉舒展开来。在家里，我也是见缝插针地练习。洗漱时，我会踮脚站立，边刷牙边来个舞蹈组合练习。有时吃饭还不停地压腿。有时，一边看电视，一边趴一字马，甚至在写作业的间歇里，我也会抬起腿来练基本功。以至于老爸总是说我坐没坐相，站没站相。舞蹈课上教的复杂动作，我回来就对着视频一个细节一个细节地抠，一遍又一遍地练习。出乎意料的是，那些所谓的高难度舞蹈动作很快被我学会了。真可谓“世上无难事，只怕有心人”。

后来，在一次校舞蹈比赛上，我凭借扎实的基本功和舒展的舞姿，夺得桂冠，大放异彩，赢得老师和同学们的啧啧赞叹。那天回家，我站在镜子前，微微一笑，觉得自己又朝着舞蹈家的目标迈进了一步。

作家七堇年在《尘曲》中有这样一句话：“凡心所向，素履所往；生如逆旅，一苇以航。”大意是，凡是心里憧憬向往的地方，不管条件有多艰苦，即便穿着草鞋也要前往；生命犹如逆行之旅，即便一叶扁舟也要向前起航。

是的，心之所向的理想很美，如同茫茫大海中的灯塔，指引着我们前进，但追逐理想的征程充满挑战和艰险，只有在人生大海中不畏艰难险阻、乘风破浪的弄潮儿才可能抵达成功的彼岸。

微光

我们每个人都是微光。一点点微光凝聚成一股无比强大的力量，驱散阴霾，换回一片朗朗晴空。

黎明前的曙光，在浩渺的黑夜下显得微不足道，但随着光越聚越多，一轮红日冲出地平线，最终把黑夜驱走，照亮了整个世界。

近代中国就像无边的黑夜，列强横行，军阀混战，内忧外患，民不聊生。

鲁迅无疑是 20 世纪初黑暗社会的一座灯塔。他弃医从文，一篇篇犀利的文章，就像一缕缕微光，照亮旧中国麻木的灵魂。《狂人日记》的问世，让深陷于迷茫中的人们如梦方醒，吹响了反抗封建礼教的号角。他领导青年建立莽原社、无名社，就像一个个火把，照亮在黑暗中苦苦挣扎的人们。

红岩，一个闪光的名字。还记得吗？国民党反动派为了获取地下党的秘密，不惜一切手段折磨江姐，老虎凳、竹签、皮鞭，所有酷刑都用上了，她屈服了吗？不，她没有。她留下了一句话，“竹签是竹子做的，共产党员的意志是铁做的。”当反动派妄想用一剂麻药套出成岗口中地下党员的行踪，成岗却用他的坚定信念诠释了江姐的话。当年轻的刘思扬抚摸着刻有已逝同胞留下痕迹的斑驳石墙，他的内心被那红色光芒感染了，支持着他在白公馆恐怖的黑暗中选择了坚强。江姐、成岗、刘思扬只是千万革命者中的一员，就像一个个微不足道的星光。然而，星星之火，可以燎原。正是这些星光，把红岩染成最绚烂的色彩，激励了一代又一代热血青年投身革命，为建立伟大的新中国做出不朽的功勋。

百废待兴的新中国，迫切需要建设人才。钱学森经历了五年多的磨难，冲破重重阻力，终于回到祖国。他就像一道闪电，为新中国航天事业开辟出一条光辉大道。神舟飞天，嫦娥探月，天宫对接，英雄的航天人在浩瀚星空留下最耀眼的足迹。

当孟晚舟结束长达三年的羁押生活，回到祖国怀抱的时候，她动情地说：“感谢亲爱的祖国，感谢党和政府，正是那一抹绚丽的中国红，燃起我心中的信念之火，照亮我人生的至暗时刻，引领我回家的漫长路途。”

其实不仅是他们，你、我，我们每一个人都是微光。一点点微光凝聚成一股无比强大的力量，驱散阴霾，换回一片朗朗晴空。微光是微不足道的。然而，微光吸引微光，微光照亮微光。当无数的微光凝聚起来，犹如红日初升，其道大光。

成为自己的星

初秋的夜晚，蝉声渐弱，山风微寒。我漫步在寂静的操场，偶然乘兴抬头望向夜空，那无月的天空显得无比黑暗。我又有些失落，没有星月辉映的夜空终究算不上绚烂吧。

又是金秋十月，濯缨湖畔黄花开遍，运动会如约而至。

这次运动会于我而言是很特别的。最后一次站在初中运动会赛场上，不禁感叹时光太匆匆。开幕式上那“出其不意”的雨，更让我面对赛场和生活时，多了一份“随它吧”的坦然。

第三次站在二百米跑道上的我感慨：还是熟悉的跑道，强大的对手，而我只是一个一次次无缘奖牌，还因着凉身体欠安的 joker。我知道获奖的希望很小，但在枪响后，我还是义无反顾地拼命向前奔跑。呼啸而过的风在耳边呼呼作响，我拼了命地往前冲，甚至忘记终点线，在跑道上尽情狂奔。越过终点线惯性往前冲出几十米，竟感觉不到累，反而有种酣畅淋漓的快感。往日身上那种昏沉沉的阴云仿佛已随风飘散。对于比赛结果，我已没有了初一时的热切，是好是坏随它去吧！或许这份淡泊，在面对第三名的成绩时，竟有了一份意外的惊喜。正所谓“无心插柳柳成荫”“枯木又逢春”一般。

这份获奖的快乐还来不及咀嚼，八百米赛场的枪声又响起。事实上，我荒废了一个暑假没有锻炼，耐力已被二百米几乎耗尽。缺氧与肌肉的酸痛，让我面目狰狞，我别无选择，也来不及多想，唯有竭尽全力地往前冲，不给自己留有遗憾。此刻，我咬紧牙关，仿佛有了天降神力，看似毫无知觉的双腿竟条件反射般奋力迈出。赛道漫漫，人声鼎沸，我已不知前路还有多远，仿佛又回到了一次次在夜幕下的练习。胸闷气喘、口干舌燥、双腿僵硬，在冲过终点的一刻，这些都已成为过往。最后我只获得第四名，虽没有奖牌，却也给班级贡献了一点微弱的积分。在闭幕式上，当听到我们初三五班的总分获得全校第一名时，我们沸腾了。

初秋的夜晚，蝉声渐弱，山风微寒。我漫步在寂静的操场，偶然乘兴抬头望向夜空，那无月的天空显得无比黑暗。我又有些失落，没有星月辉映的夜空终究算不上绚烂吧。恍然间我怔住了：一颗颗星星在飘忽的云层中或明或暗，不停地闪烁，微弱却努力地闪耀着光和热——虽不是光彩夺目的那种，却也不比月色稍逊半分。是啊，茫茫苍穹之中，每一颗星星都有属于自己的芳华，而星光，微弱抑或明亮，都是它生命中最绚丽的绽放，历经多少光年的穿越，才与遥远星球上的我们相遇。

一书一世界

也许，我们永远成不了星空中最亮的那一颗明星，但一定是独一无二的。只要承载着正能量，释放出光和热，就足以照亮漫漫人生旅途，温暖无数前行的倦客。

走出攀比与内卷

其实，于我而言，读书还是一件很愉悦的事。

“内卷”好像成了不少人“努力”的代名词。都说不同的时代铸就不同的人，当下的家长好像变得比以往任何时候更加“贪婪”。当你获得一次小小的成绩时，他们总是不屑一顾，寻找各种理由以证明你的不足。总之，你永远也成不了父母眼中那个“别人家”的小孩。

我有个小学同学，她很高傲，一次偶然机会我们再次见面。在闲聊中，她谈了很多关于她自己的事，她每天那么忙都干了啥呢？拉丁舞专业十级，每周乐团排练，绘画十级，还有那个我弹了多年从没考级的钢琴她也毫不例外地过了十级。“考级真的简单，就跟那玩得一样。”在她轻描淡写的语气“凡尔赛”式炫耀中，我突然感觉自己像极了一只丑小鸭，仿佛我的前十四年都白活了。

我的舍友是个阳光开朗的女孩。从她嘴里，我时常听她抱怨她老妈的唠叨：“你要是考不上一类重点高中，你就不要读书了！”“你看看你同学语文又进班级前几，你呢？中游荡荡！”……我闭着眼都能想象得出她老母亲恨铁不成钢、咬牙切齿的模样。于是，她的周末被无休止的争吵和培训班占据了——她被卷了。

在学校下发的练习簿的封底，明明写着各种字体的“不攀比”。可笑的是，大家居然视而不见，有时甚至变本加厉，各类名牌鞋、名牌文具、花式旅游攀比姑且不表，单单在学习上的各种大肆攀比，就让人喘不过气。好像只有学富五车，名列前茅，你才能超越人类，高人一等。

攀比与内卷似乎是一对孪生姐妹。攀比让我看到自身的不足，内卷促进了我的进步。然而，当攀比越界，无限膨胀，就会失去了它原本的意义，矛盾变得更加尖锐，无形之中形成一张大网充斥着压力和窒息，强硬地裹挟着我们，让我们不知不觉迷失了初心和方向。

攀比无处不在，如何摆脱内卷？

记得在一节班队课上，班主任老师反复追问：“你们为什么要读书？”一时间班级里鸦雀无声，或许有人根本没有想过这个深奥的问题，或许在父母的唠叨中似乎能找到答案。在老师点名后，有人说读书不就是为了读书，不读书我做什么？有人说为了父母，读书报答他们的养育之恩。有人说为了考上好大学找到好工作。众说纷纭，没有对错。我问自己为何读书，竟一时语塞。为国家？为父母？为找到好工作？是，也不是！

其实，于我而言，读书还是一件很愉悦的事。各种有趣的课程学习极大地丰富了我的见识；科学的世界如此神奇，激发我进一步探索未知领域的欲望；各种文学经典让我与古今智者产生共鸣。

书，越读越多。攀比，越来越少。慢慢地，我积累了勇往直前的力量，步履更加从容淡定，内心更加充盈自信，内卷也逐渐舒张而辽阔——正所谓读书破万卷！

人存在的意义

当目光从繁华都市拉回到钱湖畔的城杨村，我发现无论城市还是乡村，人才是历史舞台的主角。十几年前，它是一个偏远甚至落后贫穷的村落，如今，已是焕然一新。

我是谁？我在哪？我从哪里来要到哪里去？从古至今，先贤哲人在思考，凡夫俗子如我，也时常问自己："人存在的意义是什么？"

有的人的存在犹如流水刻字，落笔未定便随流消散，悄无声息。有的人不经意间留下痕迹，博物馆里陈列的历朝历代的珍宝，小至百姓家的碗碟，大到秦始皇的兵马俑便是明证。历代的君王将相也好，商贾布衫也罢，大抵都想名垂青史。而司马迁的皇皇巨著《史记》中，却也仅仅记载了十二本纪、三十世家、七十列传而已。古村落中的祠堂，石墙上的族谱里密密麻麻的名字，究竟有多少被后人记住？我不知道。

所以，人存在的意义究竟在何处？

06 在微光里

8月初，我又一次来到上海。虽说只是匆匆过客，但带着虔诚的心来的。到上海车站已近子时，街上的人流、车流不分昼夜地流淌，让人分不清是黑夜还是白天。

次日傍晚，我们来到繁华的南京路，人们摩肩接踵，而我似乎身不由己，犹如一片小小的浮萍随着浩大但不汹涌的人群向前荡漾着。前面的人群怎么不移动了？原来人流随着十字路口的红灯不约而同地驻足，黑压压的人群静静地向看不到头的车队投去了虔诚的注目礼。随着红绿灯的切换，十字路口瞬间变成了人群流动的大通道。人与车井然有序地切换着，和谐地交织着，一座城一个路口足以颠覆我对人口密度与人类文明的认知。

终于，我被荡漾到了期待已久的上海滩。站在高高的江堤上，回望百年外滩。汉白玉和大理石砌成的欧式建筑不高，但很敦实雄伟。和平饭店和大世界的门口可以看到人们自由穿梭。看着人潮涌动的外滩，我真切地感受到了上海的脉搏稳健而有力地跳动着！突然间我有了第一个答案——人的存在犹如血液，城市有了“血液流动”，才具有了生生不息的活力。

还是这座外滩，还是这条黄浦江，如果时光回溯到一百多年前，却是另外一番景象。20世纪20年代的十六铺码头依然繁忙。我看到黄浦江上外国的军舰和商船来回游弋，衣衫褴褛的码头工人扛着沉重的麻袋，拿着微薄的收入艰难地生存着。1921年7月的一天，我看到一群青年从全国各地会聚在法租界望志路106号，发出响彻时代的呐喊。1937年淞沪会战接近尾声之时，我看到上海外滩附近的苏州河畔八百壮士用血肉之躯守护四行仓库，外白渡桥上演绎着一寸河山一寸血的悲壮。1941 年，大半个中国仍沦陷在日寇的铁蹄下。12 月 8 日这一天，外滩边英美的租界“孤岛”也沉沦了。在枪炮声中，郑振铎先生的《最后一课》浮现在我眼前：全体同学唰的一下站起来，很久很久，没有一个人说话，只有几个女生低低地啜泣着。师生们的胸中都燃烧着爱国的烈焰，一个一个捏紧了拳头……俱往矣，数风流人物，还看今朝！放眼黄浦江对岸，流光溢彩，灯火璀璨，东方明珠高耸入云端，向世人展示现代上海的辉煌与荣耀。

当目光从繁华都市拉回到钱湖畔的城杨村，我发现无论城市还是乡村，人才是历史舞台的主角。十几年前，它是一个偏远甚至落后贫穷的村落，如今，已是焕然一新。在乡村振兴的理念下，政府开始关注它，各路青年、艺术家、设计师来到这里，用自己的方式编织起了城杨村的新衣。村民们开始清理垃圾，清理门前田地，发挥自己特长，“大草帽”编织起来，拐角咖啡店开起来了，祠堂古建筑修起来了。穿城而过的小溪上铺起了键盘样的石磡子，清波荡漾，人影绰绰，流水桥旁有蝉儿鸣，人儿笑，花儿闹，徜徉在廊桥上，在大爷们的说笑间，我似乎又找到了一个答案——大自然孕育了万物，而人凭借智慧和双手，改变了贫穷与落后，也成就了精彩的人生。

又是一个将要说再见的假期，我坐在窗前，回忆着那些消散的过往，于我而言，人存在的意义是笔尖落在纸上，倾泻出所见、所感、所想……

放下执念，走向和解

> 无为不是无所作为，而是不陷于外在的浮躁和繁杂，为自己的内心世界留一方田地，构筑精神桃花源，不断累积生命中的能量。

每个人都有爱而不得，放而不下，求而不能，失之不甘的东西，这便是执念。它会陪伴我们一生，或许也会羁绊一生。所以放下执念，便是选择与自己和解。

与自己和解，便要有一种松弛感。松弛感绝非偶然拥有，而是经过凄惨的绝望后放下执念获得的。《我们仨》是92岁的杨绛先生在先后失去女儿和丈夫后写下的一本回忆录。书中记录了他们一家经历的坎坷。从英国留学到巴黎深造，在回国后遇到战乱逃亡，经历“文革”，在颠沛流离大半辈子后终于安定下来，但好景不长，女儿、丈夫相继离世，让这个小家破碎了。“‘世间好物不坚牢，彩云易散琉璃脆。’现在，只剩下了我一人。”“从今以后，咱们仨只有死别，不再生离。”平淡的言语中却处处透着压抑、悲痛与对未来的迷茫。她，释怀了吗？

我想也许在她回忆起往事时、落笔的一刹那，便放下了。在她娓娓道来的文字里流露出松弛与坦然，“往者不可留，逝者不可追。”“我只能把我们一同生活的岁月重温一遍，和他们再聚聚。”知其不可奈何，而安之若命，这便是松弛感。

与自己和解，便要“无为”。“无为”是何物？即不内耗也。《庄子》中有这么一个故事：一日，孔子来到吕梁一处水流十分湍急的水边，见一男子潜入水中游了很远，他以为男子要寻短见，只见那男子唱着歌从水中出来了，那名男子为何能如此从容穿梭在急湍甚箭，猛浪若奔的河中呢？想必，他是排除了心中的一切杂念，摒弃了对未知水流的恐惧、胆怯，去用心感知水的方向、速度。“与齐俱入，与汩偕出，从水之道而不为私焉。此吾所以蹈之也。”把心从纷杂的执念中收回不再对抗自己，接受自己的不完美，这便是无为。当然无为不是无所作为，而是不陷于外在的浮躁和繁杂，为自己的内心世界留一方田地，构筑精神桃花源，不断累积生命中的能量。从这个意义上讲，无为方能彻底解脱。

与自己和解，也要学会放过他人。社会复杂，众生芸芸，如果与烂人烂事纠缠不休，会让你思绪混乱，无法平静。这就是我们常说的纠结。因别人的错误而纠结，就如同给自己的生活放入杂质，使得原本平静的湖面泛起涟漪。纠结别人就等于是折磨自己。因此，与自己和解，也要学会与他人和解，忍让和包容他人。正所谓退一步海阔天空。

与自己和解，是一种生活态度，更是一种生命的智慧。弘一法师有云："做事从心起，看淡一身轻，忍让一步，度己一生。"人生在世，苦乐参半，悲喜自度。心生欢喜，方能完成自我救赎，得到真正快乐！

爸爸寄语
——愿做你生命里的微光

从小学到初中，修改作文是我的必修课，也是我跟你的另一种对话。

在你的作文里，那些读过的书、走过的路像一颗颗珍珠慢慢地穿起来了，语言表达也渐渐灵动起来。到了初二以后，改着你的作文，我突然间发现你对一些人和事有了自己不同的看法，你自己独立的价值观体系也慢慢地呈现出来！

或许只有养育过孩子的人，才能够体验到此刻作为父母的这种欣喜和快乐。我们是你的父母，也是你的朋友，是你三观体系的修筑者，也是你人生苦乐哀愁的陪伴者。

随着年龄的增长，你童真的心灵多了一些焦虑和困惑，以稚嫩的身心勇敢地战斗在学习的战场上。你开始有了青春期都会有的烦恼与欢乐，于是你开始学着忧乐平衡。

面对考试成绩的波动，时高时低的分数联动着时好时坏的心情，就是在内心的一次次煎熬和历练中，你的小心脏变得强大了起来。在语文老师璐姐的引导下，你开始从白雪公主的世界走进历史人物和古今名著中，从《庄子》到《论语》，从《平凡的世界》到《明朝那些事儿》，从欧阳修、范仲淹到苏东坡、李叔同，书中人物的至理名言和人生经历，开始对你产生了深厚的影响。你尝试以一个观察者的角度去理解生命、体悟人生，甚至开始在内心叩问“我是谁？我在哪？”这样的哲学命题。

在社会老师莉莉姐的悉心指导下，《“城”为网红，杨名立万》的社会调查文章，获得了省里奖项。在这篇文章创作的过程中，爸爸跟你一次次讨论构思、制订计划，带着你多次实地考察城杨村，采访村支书，向村民游客做问卷调查，制作汇报课件。老师的引领和家人的陪伴，给了你一点点微光。沿着这束光线，你的视野由此开阔起来了。

今天，这本作文集的出版，其实也是爸爸妈妈送给你的一束微光，希望未来你能汇聚和承载家人、老师、同学和朋友的正能量，成为一颗闪耀的星，去照耀苍茫的夜空，照亮更广阔的未来世界……

后记

感恩遇见

时间过得真快啊，转眼间，女儿（小妞）已亭亭玉立，比我高出大半个头。

小妞上学第一天的情景至今历历在目。那天放学后，小妞读“a”的四声，怎么也发不好拐弯的第三声，当时我和她爸一起张着嘴陪着练。小妞那生硬的调子听起来滑稽极了，我和她爸实在憋不住笑场了。这一笑不得了，小妞瞬间生气了，气呼呼地说：“我以后再也不读了。”这话可是有分量的，把我和她爸吓得不轻，赶紧诚惶诚恐地赔不是，该弯腰还真的得弯腰。

我自己也是一位老师，学校于我而言是最让人放心的地方。小妞一路走来，得到许许多多老师的关心和照顾。迈入幼儿园，宁波市第二幼儿园的周珊珊、应飞飞老师是她人生启航第一站的老师。每次下午放学，我都要等到四点半下班后再去接，经常迟到近一个小时。老师总是带着我家小妞在办公室东转转西看看，不仅有美食投喂，还有陪玩游戏。胡剑红园长妈妈大气、美丽、知性，小妞总喜欢跟在这位漂亮妈妈后面。

踏入小学，小妞就读于海曙区广济中心小学，也是我的工作单位。每次小妞有状况，为维持和女儿之间“母慈子孝”的关系，我经常把批评的“刀子”递给别的老师，“恶人”老师先担，规矩老师来做。老师的话就是“圣旨”，一句顶我十句，省了我不少心，我坐享其成。

可能有人会认为，女儿的老师是我同事，跟老师交流更方便吧。其实，碰到小妞的老师，我也是敬畏的，生怕女儿又给我出了什么幺蛾子事。有时为了女儿，我也得厚着脸皮，甚至硬着头皮迎难而上。面对我频繁骚扰，老师们总是不厌其烦。在此，我由衷地感谢班主任许莉莉老师，数学张幸、吴蓓蕾、蔡依依老师，英语崔宇灵老师，音乐李莹、王伟红老师，美术王健、王芳老师，科学程波老师，体育杨颖、冯霞老师。正是广济有这样一群有智慧、有责任、有情怀的老师，才让小妞和所有的广济学子一样快乐、健康地成长。

进入初中，小妞就读的宁波外国语学校是一所温柔婉约、善解人意的学校；一所淡定、从容、不骄不躁的学校。在新生开学家长会上，黄荣生校长分享的纪伯伦诗《致孩子》，“他借你而来，却非因你而来”的声音时常在耳畔回响。宁外的老师们从容、淡定，让青春萌动的孩子们虽有小叛逆但从未离经。

班主任石晓为老师，是全国优秀教师，对小妞影响颇深。

她温柔体贴，善解人意，虽年过半百，却充满活力，能量满满。每月一次的同学生日会，逢节必拍的祝福视频，班级QQ群分享的照片，记录下孩子们如诗如歌的青春。无疑，作为她学生的家长也感受到温暖和幸福。因为爱，所以用心。她看似轻描淡写的言语，总能得到孩子们的点赞，激发他们内心的学习动力，阳光地面对生活，孩子们非常喜欢黏着这个“老太太”。

感恩遇见宁外的老师们，他们是语文老师郑璐，数学老师施伦，英语老师石晓为、蒋素娟，科学老师陈央莹、竺佳煜，历史老师张莉莉，道法老师王茹，体育老师章因思泉，音乐老师黄宜晴，美术老师江琼，舞蹈老师洪林，西语老师周阳杨，计算机老师李踔，劳技老师蒋林彬，心理老师袁丹……从女儿的言谈和笔端，我看到他们师生之间的种种小美好！

学校里有充满爱心的老师和充满有趣灵魂的同学，才有了孩子们念念不忘的校园。难怪每次长假过后，小妞就盼望着开学，盼望着老师们和同学们又一次的相聚。宁外的人文、开放、自由和包容，确实是人间的桃花源。真好！

写作的启蒙老师当然是小学的语文老师许莉莉，带了小妞整整六年。她是一位充满智慧的老师，让小妞甘之如饴地走进文学大门，并有了面对学习上挫折的淡定。大概是读三四年级时，有一次，小妞的语文考得很烂，许老师不批评反而安慰道：“祝贺你提前拥有了高年级段的分数，不用太着急，找到问题，重新出发！”她对各年龄段孩子学习的特征胸有成竹，学生学而不卷，但兴趣盎然。小妞经常跟我分享许老师的金玉良言。我记得在五年级刚开学，小妞就跟我说："许老师说了，到五年级，写作慢慢开始形成自己的风格。"过了一段时间，小妞又跟我说："妈妈，我的文章是不是有鲁迅的风格？""我的文章是不是有萧红的风格？"我感慨啊，竟有如此睿智的老师，不费吹灰之力，把小妞引入有趣的阅读之中。

郑璐老师，小妞的初中语文老师，在我们家也是相当有口碑的"人物"，以至我家那幼儿园的老二，在每次路过宁外时总要说："我要去宁外看看漂不漂亮的璐姐！"记得初一暑假，我想了解下孩子在校情况，跟郑老师电话聊了一个多小时，以至电话都热得烫手。受璐姐的影响，那个暑假我们全家一起读苏东坡，聊苏东坡，一起走进苏东坡的精神世界。璐姐编辑的每月一期的优秀作文选，也是我和小妞爸爸所欢喜的，给了我们一扇了解孩子的窗口，也让我们看到了女儿跟"别人家孩子"的差距。从某种意义上讲，璐姐其实一直引领着我们全家。

最后，还要特别感谢一个人——励烜妈妈，陈爱红老师。她也是广济语文老师，几乎小妞的每一篇文章她都指导过。每一次的肯定鼓励，每一次的修改建议，都成了小妞成长的动力。有时在我们举棋不定时，她总是给予专业意见。谢谢您！

如果小妞在学习生活上有进步、有收获，那肯定是老师们的功劳。这本作文集大部分来源于小妞小学、初中的作文，里面记录了小妞学习生活中的点滴所思、所感和所悟，无不浸透着老师们的辛勤付出。

亲爱的女儿，在本作文集的最后，妈妈想对你说：感恩你生命中所有的遇见，有了他们，你的人生将更精彩，脚步更扎实。“读万卷书，行万里路”——是“书行”这个名字的由来。妈妈希望你珍惜这份期许，在未来的日子里，漫卷诗书伴年华，去追逐属于你的星辰大海！

爱你的妈妈 汪银娟